Sᵀ. GERAUD COMTE D'AURILLAC

LA VIE DE S. GERAUD COMTE D'AURILLAC,

ECRITE EN LATIN PAR S. ODON SECOND ABBE' DE CLUNY.

*Et Traduite en François par M****

A AURILLAC,
De l'Imprimerie de LEONARD VIALLANES
Imprimeur du Clergé, de la Ville, du College,
& Marchand Libraire. M. DCC. XV.

Avec Approbation & Privilege du Roy.

A MONSEIGNEUR

DE GESVRES

PRIMAT DES AQUITAINES,

PATRIARCHE,

ARCHEVE'QUE DE BOURGES,

ABBE' D'AURILLAC.

MONSEIGNEUR,

Quoyque je ne ſois pas connu de vôtre Illuſtre Perſonne, j'eſpére qu'elle voudra bien que j'aye l'honneur de luy préſenter la Vie de ſaint GE'-

RAUD. *C'est le Chapitre d'Aurillac, qui m'a engagé à mettre en François ce que saint Odon en a écrit en Latin ; & comme vous êtes,* MONSEIGNEUR, *Abbé de l'Eglise, que la piété de ce Prince a fondée, il est naturel que je vous dédie son Histoire. D'ailleurs le Peuple d'Aurillac, dont vous êtes le Pasteur, & qu'on a principalement en veüe, en rendant cette Traduction publique, y pourra trouver de grands avantages, s'il voit qu'un Prélat, comme Vous, plus élevé encore par le sçavoir & par la vertu, que par la Naissance, quelque Illustre qu'elle soit, y donne son approbation. C'est aussi,* MONSEIGNEUR, *la seule grâce que je vous demande ; & je seray trop récompensé de mon travail. Recevez-le cependant comme une marque du profond respect, avec lequel je veux être toute ma vie,*

MONSEIGNEUR,

DE VÔTRE GRANDEUR,

LE *très humble & très obéïssant Serviteur,*

C***

PRÉFACE
DU TRADUCTEUR.

VOICY la Vie de S. GE'RAUD Comte d'Aurillac, écrite par saint Odon deuxiéme Abbé de Cluny : c'est à dire par un Auteur contemporain, qui n'a même écrit les actions de ce Prince, que sur le rapport de témoins oculaires, & de Personnes dont le rang & la vertu ne permettent pas qu'on puisse douter de leur témoignage.

SAINT ODON marque qu'il a principalement fait cette Vie pour les gens, qui sont dans le grand monde; afin de les exciter à la piété par l'exemple d'un Homme, que la haute Naissance & les grandes richesses n'ont jamais détourné du chemin qui conduit au Ciel. En effet on y verra que GE'RAUD a sçû garder son rang, & cette pauvreté d'esprit, qui font en même tems un grand Prince, & un grand Saint.

CE ME'ME MOTIF nous a portez à traduire en François une si belle Vie; & si elle peut servir aux personnes de qualité, elle sera aussi de grand usage pour le reste des Fidéles, qui ont besoin qu'on leur remette de tems en tems devant les yeux les actions des Saints, qui ont vécu, comme eux, dans un corps mortel, Elle ne peut manquer méme de produire de grands fruits dans l'Auvergne, & sur tout à Aurillac, où la sainteté de ce Comte a le plus éclaté.

ON PEUT DIRE qu'elle sera encore fort utile à tous les Catholiques d'aujourd'huy, en leur faisant voir que ceux du neuviéme & du dixiéme siécles, pratiquoient ce qu'on trouve dans les premiers tems de l'Eglise, & ce que les Hérétiques nous reprochent, comme des nouveautez ou des superstitions.

PREMIE'REMENT on peut remarquer en général dans toute la conduite de S. GE'RAUD qu'il avoit une crainte salutaire de tomber dans les moindres fautes ; & quand il croyoit en avoir commis quelqu'-

une, il tachoit de l'effacer par ses larmes, ses aumônes, & d'autres pénitences. Ce Prince, qui pour s'être mis en danger de blesser la pureté, passa une nuit au grand froid de l'hyver; qui gardoit l'abstinence trois jours de la semaine, outre le Caréme, & tous les jeûnes ordonnez par l'Eglise; & qui voulut mourir dans le cilice, ne croyoit pas, comme nos Prétendus Réformez, que Jesus-Christ fut tellement mort pour le salut des hommes, qu'ils n'eussent plus rien à expier pour obtenir la Couronne, que Dieu prépare à ceux qui l'aiment. Il suivoit là dessus, & le sentiment, & l'exemple de tous les Saints qui l'avoient précédé. Ainsi ces Novateurs doivent rougir de mépriser des pratiques si propres à soutenir l'Homme Chré-

tien dans la vertu, ou à le relever lorsqu'il est malheureusement tombé. En effet, ils ne font aucun cas des péchez intérieurs ; & quand même ils en ont commis extérieurement de considérables, ils ne se mettent pas en peine de les expier par des mortifications corporelles. Ils sont bien éloignez de ce que disoit
1. Corint. 9. 27. saint Paul, *je ne me sens coupable de rien : mais pour cela je ne suis pas justifié. Je châtie mon corps, je le reduis en servitude, de peur que préchant aux autres je ne sois moy-même réprouvé.* Si donc les plus grands Saints, lors méme qu'ils ne se sentent coupables d'aucune faute, ne laissent pas de faire pénitence pour celles qu'ils peuvent ignorer, que doivent faire ceux qui en commettent de grandes ?

POUR les éviter toutes, & en

méme tems avancer dans le chemin de la vertu, GE'RAUD se servoit de différens moyens. Le premier étoit d'avoir toujours devant les yeux ce grand principe, qui nous est marqué dans l'Ecriture, *que le commencement de la sagesse est la crainte du Seigneur.* Aussi marchoit-il continuellement en sa présence; & cette forte persuasion que Dieu, à qui rien n'est caché, jugeroit ses plus secretes pensées, le portoit à veiller toujours sur luy-méme. *Ps.* 110. 9:

IL AVOIT donc un soin extréme de réprimer jusqu'aux moindres passions: car il sçavoit que ce renoncement volontaire, dont Jesus-Christ nous parle, & que le monde connoit si peu, est l'unique moyen de se sanctifier. Si tant de Saints, pour arriver à ce point de la perfection chrétienne, se sont éloignez du commerce des hommes dans les Deserts, ou dans les Monastéres, quels efforts n'a-t'il pas fallu au Comte GE'RAUD pour y parvenir, luy que son rang obligeoit à rester dans le siécle au milieu des plaisirs, ou des affaires, & qui se voyoit ainsi privé de l'avantage de la retraite. En effet, on remarque en luy des traits admirables de mépris pour les richesses, de modération dans un rang si élevé, de patience dans les maux, & de facilité à pardonner, non par vanité ou par foiblesse, mais par cette grandeur d'ame, qu'inspire l'Evangile, & qu'on ne voit que dans les Saints.

LE SECOND MOYEN de faire du progrez dans la vertu, étoit de méditer l'Ecriture, & de se faire lire des Livres de Piété, non seulement en différentes heures du jour, mais encore pendant le repas. La méditation des saintes Lettres, qui nous sont données, comme dit saint Paul, *pour nôtre instruction*, doit être commune à tous les Fidéles : mais l'usage de la lecture pendant le repas, qui n'est pas même connuë des grands du monde, montroit le desir ardent qu'il avoit d'être toujours uni à Dieu.

2. Tim. 3. 16.

LE DERNIER MOYEN de se conserver dans l'innocence, étoit son assiduité à la priére. Mais comme il sçavoit que celles de l'Eglise sont les plus efficaces, il ne manquoit presque jamais de se trouver à l'Office Divin, qui se faisoit, selon l'ancienne Tradition, le jour, & la nuit. Il imitoit en cela le Prophéte Roy, qui ne se contentoit pas de chanter les loüanges de Dieu

Ps. 118. 164. *sept fois le jour*, mais qui se relevoit encore la nuit pour le prier. Il imitoit saint Paul, qui dans la prison avec Silas, *chantoit des Hymnes à la*
Act. 16. 25. *gloire de Dieu au milieu de la nuit.* Il imitoit enfin la pratique des anciens Fidéles, qui veilloient en priéres aux Tombeaux des Martyrs.

CETTE COUTUME si respectable a passé des premiers siécles jusqu'à nos tems, où la nuit, & le jour, aussi bien que les Féries de la semaine, ont leur Office distingué, où même un fort grand nombre de Prêtres & de Religieux interrompent leur sommeil, pour offrir à Dieu le sacrifice de leurs lévres. C'est là cependant ce que les Prétendus Reformez ont osé abolir : attentifs en ce point, comme en tous les autres, à retrancher tout ce qui peut faire de la peine à l'homme charnel. En effet, on ne voit plus chez eux ni le Carême, ni les autres Jeûnes, observez si régulierement par les Fidéles dans tous les tems de l'Eglise. Il est vray que ces Messieurs s'en font quelques-uns à leur mode : mais c'est toujours rarement, sans même s'y croire obligez. Et leur conduite là dessus est si bizarre, qu'ils choisissent quelque-fois le Dimanche pour jeûner, sans néanmoins jamais s'abstenir de viande : ce qu'on n'a jamais vû parmi les Chrêtiens, qui ont toujours excepté, comme faisoit saint GE'RAUD, le jour du Seigneur de la loy du jeûne, & qui ont toujours joint l'abstinence à cette loy salutaire.

COMME LE SACRIFICE de la Messe fait la partie la plus auguste & la plus nécessaire du Service Divin, ce Comte ne manquoit pas

d'y aſſiſter avec une dévotion toute particuliére, ſur tout les Dimanches & les Fêtes Il la faiſoit dire auſſi non ſeulement pour demander à Dieu certaines grâces néceſſaires aux Vivans, mais auſſi pour obtenir le repos des Morts. Tout cela étoit pratiqué dans ces premiers tems, que le Miniſtre Claude appelle *les beaux jours de l'Egliſe.* * „ *Apres*, dit ſaint Cyrille de Jeruſa-
„ lem, *que ce Sacrifice non-ſanglant*
„ eſt achevé, nous prions Dieu ſur
„ la même Hoſtie de Propitiation,
„ pour la paix commune des Egli-
„ ſes, pour la tranquillité du mon-
„ de, pour les Roys, pour les ſol-
„ dats, pour nos amis, pour les
„ malades, pour les affligez......
„ En ſuite nous faiſons mention des
„ Fidéles qui ſont morts, croyant
„ que c'eſt un grand ſecours aux a-
mes,

Rep. au 2. Traité de la Perpetuit. 2. Part. Ch. 2.

* *S. Cyr. Catech. Myſtag. 5.*

„ mes, pour lesquelles on offre la pri-
„ ére DE CE SAINT ET REDOUTABLE
„ SACRIFICE QUI EST SUR L'AUTEL.
„ Jamais les Ministres ne se sont avisez de dōner de pareilles instructions à leurs Peuples. C'est là cependant ce qu'on préchoit autrefois aux nouveaux bâtisez, afin de leur apprendre pourquoy l'Eglise offroit le Sacrifice de la Messe. C'est là ce que demandoient qu'on fit pour eux, les vrays Chrêtiens qui se trouvoient au lict de la mort. „ Ma Mere, dit saint Conf. l. 9. c. 13.
„ Augustin, ne desira ni d'avoir un
„ tombeau particulier, ni même
„ d'étre enterrée dans son pays. El-
„ le recommanda seulement qu'on
„ se souvint d'elle à l'Autel du Seig-
„ neur, où elle avoit assisté avec
„ tant de dévotion tous les jours de
„ sa vie, & d'où elle sçavoit qu'on
„ distribuë aux Fideles *la Victime*
„ *sainte*, dont le sang a effacé nô-

„ tre condamnation.

CE PRINCE sçavoit encore que la priére des Saints qui regnent avec Jesus-Christ, a beaucoup de force pour nous obtenir des grâces dont nous avons besoin ici bas, & pour leur être un jour associez dans le Ciel. De là vient qu'ils les invoquoit souvent ; & saint Odon remarque qu'il avoit ordinairement dans la bouche cette priére dont l'Eglise se sert pour les Agonisans : O SAINTS DE DIEU VENEZ A MON SECOURS. Il se regardoit en effet à chaque moment, comme un homme qui va mourir, & qui dans ce passage périlleux, où le démon fait ses derniers efforts pour nous séduire, a besoin de toute la protection des amis de Dieu.

IL NE FAISOIT RIEN DE NOUVEAU en les invoquant ainsi : il suivoit l'ancienne coutume de l'Eglise. Aussi voit-on que le S. Abbé de Cluny qui nous a laissé son Histoire, l'invoque luy-même aprés sa mort : & le grand S. Basile, sans parler des autres Péres, écrivant à Julien l'Apostat, qui se mocquoit de cette invocation, ne craint point de luy dire avec assurance : „ Selon la foy „ des Chrêtiens, que nous avons re- „ çûë de Dieu même, j'invoque les „ Apôtres, les Prophétes, & les „ Martyrs : afin qu'ils prient Dieu „ pour moy, & que par leur mo- „ yen il me pardonne mes fautes.

Basil. Tomus 3 Epist. 205.

UN CATHOLIQUE n'est point surpris de voir ces invocations dans les Ouvrages des anciens Docteurs, ou dans la Vie de saint GE'RAUD. Il est persuadé que c'étoit la doctrine & la pratique des premiers siécles. Il voit avec plaisir que l'Eglise n'a point changé là dessus. Mais un Disciple de Luther ou de Calvin doit être bien étonné d'une Tradition si contraire à ce qu'on enseigne dans son nouveau parti. Il doit méme rougir de ne la pas suivre.

NON SEULEMENT le Comte GE'RAUD prioit les Saints: mais il observoit encore leurs Fêtes ordonnées par l'Eglise; & lorsque ceux qui l'ont abandonnée se mocquent de cette pratique, il faut leur fermer la bouche avec cette parole de saint Augustin: *Le Peuple fidéle célébre d'une solemnité religieuse la mémoire des Martyrs, pour être associez*

S. Aug. l. 20. contra Faust. cap. 21.

à leurs mérites , & pour être aidez de leurs priéres. En effet, si l'on ne sçauroit blâmer la joye, que témoignent les Peuples aux jours que leurs Roys sont couronnez ou remportent quelque victoire, peut-on trouver mauvais que les Chrétiens fassent paroître une sainte allégresse aux Fêtes des Saints ; c'est à dire aux jours qu'ils ont entierement vaincu le démon, & qu'ils ont receu la Couronne dans le Ciel ? D'ailleurs saint Augustin marque, qu'en célébrant ces Fêtes, on s'unit aux mérites des Saints , & qu'on est secouru de leurs priéres. GE'RAUD, qui n'avoit garde de perdre ces deux avantages, redoubloit ces jours-là & son assiduité à l'Office Divin, & sa ferveur dans l'Oraison.

MAIS, afin que le souvenir de

leurs Vertus ne s'effaçât jamais de son esprit, il avoit un extréme soin d'avoir de leurs prétieuses Reliques. Il les portoit même dans ses voyages; & montroit son respect pour elles, en faisant brûler des cierges au lieu où elles reposoient. On peut remarquer dans sa Vie, comment il fit célébrer la Dédicace de l'Eglise d'Aurillac, & quel nombre de Reliques il voulut qu'on mit dans les Autels de ce saint Temple. C'étoit toujours la Tradition qu'il suivoit, soit pour la Dédicace, soit pour les Reliques qu'on met dans les Autels, soit pour le Culte Religieux qu'on leur rend. *Je dédieray*, dit saint Ambroise, *l'Eglise que j'ay fait bâtir à Milan, lorsque j'auray des Reliques.* Il ajoute, que *l'Autel est le siége de Jesus-Christ*, & que *les Reliques des*

S. Ambr. Epist. ad Marcellin. Lib. 5. Epist. 33. nov. Edit. Epist. 20.

Saints, qui sont ses serviteurs doivent être sous l'Autel. Elles y sont encore aujourd'huy, puis qu'on les renferme dans la pierre sur laquelle on consacre le Corps de Nôtre-Seigneur. col

QUANT AU CULTE RELIGIEUX, il paroit bien dans l'ancienne Eglise par les reproches, que Vigilance luy en osa faire sur la fin du quatriéme siécle. „ Quelle nécessité, di„ soit cet Impie aux Catholiques, „ que vous honoriez, & que vous „ baisiez avec tant de respect, je ne „ sçay quelle poussiére enfermée „ dans un vase ou dans un lin„ ge ? Que luy répondoit saint Jérome ? étoit-ce en niant que tout cela se fit dans l'Eglise ? non : au contraire, aprés avoir traité de *blasphéme* les paroles de cet Hérétique, voicy comment il le réfutoit. „ Nous

S. Hieron. Epist ad Ripar. cõtra Vigilant.

„ ſommes donc des ſacriléges,
„ quand nous entrons dans les Egli-
„ ſes des Apôtres ? L'Empereur Conſ-
„ tantin le fut donc, quand il fit
„ tranſporter à Conſtantinople les
„ Reliques de S. André, de S. Luc,
„ & de S. Timothée, auprez deſ-
„ quelles les démons rugiſſent, &
„ ſont contrains d'avoüer qu'ils reſ-
„ ſentent leur préſence ? L'Empe-
„ reur Arcade eſt donc auſſi un ſacri-
„ lége d'avoir fait tranſporter aprés
„ tant de ſiécles, de la Judée dans
„ la Thrace les os du bienheureux
„ Samuel ? Tous les Evéques, con-
„ tinuoit-il, ſont donc non ſeulement
„ des ſacriléges, mais encore des
„ fous, ceux qui ont porté ces cen-
„ dres dans un Vaſe d'Or, & cou-
„ vertes d'une étoffe de ſoye ? Tous
„ les Peuples des Egliſes ſont donc
„ des ſtupides d'étre allez au de-

„ vant de ces ſaintes Reliques, & „ de les avoir reçûës avec autant de „ joye que s'ils avoient vû de leurs „ yeux ce Prophéte même encore „ vivant.... L'Evêque de Rome „ fait donc mal, quand il offre à DIEU „ des Sacrifices ſur les Os vénérables „ de S. Pierre & de S. Paul, qui ſe- „ lon toy, ne ſont qu'une vile pouſ- „ ſiére ?

POUR les Cierges, que le Prince GE'RAUD faiſoit brûler devant les Reliques, la pratique en étoit encore fort ancienne. Vigilance s'en étoit auſſi mocqué ; & S. Jérome luy répondoit : „ Ceux qui allu- „ ment des Cierges (non pour é- „ clairer les Martyrs, mais pour les „ honorer) en reçoivent la récom- „ penſe ſelon leur foy.... Il faut „ deteſter ce qui ſe faiſoit pour les *Ibidem.*

„ Idoles : mais il faut recevoir
„ ce qui se fait icy pour les Martyrs.

VOICY enfin une autre maniére dont GE'RAUD honoroit les Saints, & sur tout les Apôtres S. Pierre & S. Paul. *Il mettoit*, dit l'Auteur de sa Vie, *toute son ambition à leur faire sa cour, en visitant leurs Tombeaux* ; & l'on voit la même ardeur dans S. Chrysostome. „ Qui „ me donnera, (disoit ce grand E„ véque,) de pouvoir embrasser le „ corps de Paul, de baiser son Se„ pulchre, de voir la poussiére de „ ce corps, qui accomplissoit ce „ qui manquoit à la passion de Jesus„ christ, qui en portoit les marques, „ & qui prêchoit par tout son Evan„ gile ? .... Je voudrois voir „ le Tombeau qui renferme ces ar„ mes de Justice, ces armes de Lu-

S. Chrysost. Hom. 32. in Epistol. ad Rom. cap. 16.

„ miére, ces Membres où Jesus-
„ christ vivoit, & qui étoient le
„ Temple du S. Esprit. Ce Corps
„ & celuy de Pierre sont la défense
„ de Rome. On ne peut douter que,
si les occupations de l'Episcopat eussent permis à S. Chrysostome d'aller à Rome, il n'eut visité avec joye les Reliques de ces deux Apôtres, comme S. GE'RAUD l'a fait un grand nombre de fois.

UNE SI SAINTE VIE ne pouvoit avoir qu'une MORT prétieuse aux yeux de Dieu. Aussi mourut-il, comme l'Histoire de l'Eglise nous apprend que sont morts les plus grands Saints.
„ Aprés l'Office de Matines, il réci-
„ ta encore toutes les autres Heures;
„ & lors qu'il eût achevé Complies,
„ *il s'arma du signe de la Croix*, en
„ prononçant ces paroles qui luy é-

„ toient si familiéres : O SAINTS „ DE DIEU VENEZ A MON SECOURS. Ce n'est pas ainsi que meurent nos Prétendus Réformez. Ils ne sçavent ce que c'est que les Heures de l'Office Divin qu'il récita. Ils méprisent le signe de la Croix, qui est celuy de nôtre salut, & celuy dont il se voulut armer à cette derniere Heure. Saint Gregoire de Nysse décrivant la mort de la bienheureuse Macrine sa sœur, rapporte qu'*aprés avoir dit Vépres, elle porta sa main sur son visage, pour y faire le signe de la Croix; & que jettant un profond soupir; elle finit sa vie avec sa priére.* Saint Jérome dit la même chose de l'admirable sainte Paule.

S. Greg. Nys. ad Olymp. solitar. cap. 11.

S. Hier. Vit. Sta. Paula c. 24.

LES AUTRES CIRCONSTANCES de la mort de GE'RAUD, sont aussi fort remarquables contre les Protestans, & montrent bien qu'ils ont innové sur l'Eucharistie. „ Ceux „ qui étoient présens, continuë S. „ Odon, voyant qu'il ne parloit plus „ appellérent l'Evéque ; & cependant revêtirent le Saint d'un cilice. Comme on disoit les priéres „ accoutumées pour les Agonisans, „ un Prêtre fut dire la Messe, aprés „ quoy il revint, portant le sacré „ Mystére. On le croyoit déja passé : mais le Saint qui avoit toute „ sa connoissance, ouvrant les „ yeux donna des signes de vie. A- „ lors il reçût LE CORPS DE NÔ- „ TRE-SEIGNEUR, qu'il attendoit „ avec un ardeur incroyable ; & cette ame bienheureuse s'envola dans „ le Ciel. C'est ainsi qu'étoit mort le grand saint Ambroise. Saint Honorat Evéque de Verceil, qui étoit

Paulin. in Vitâ S. Ambr.

venu pour l'assister dans ce dernier moment, *entendit durant le repos de la nuit cette voix* : Léve-toy, ne tarde pas, il va mourir. *Il descendit aussitôt* dans la chambre du Moribond, *à qui il présenta* LE CORPS DE NÔTRE-SEIGNEUR ; *& dés que le Saint l'eût reçû, il rendit l'esprit.*

VOYLA' la Communion, que les Novateurs refusent aux Malades. Voilà la présence réelle du Corps de Jesus-Christ, qu'ils osent nier. Voilà enfin une seule espéce donnée méme à un Evéque. Tout cela est rapporté par Paulin, écrit à la priére de saint Augustin, & sçû de toute l'ancienne Eglise, sans qu'elle y trouvât rien de nouveau ou d'extraordinaire. On voit la même chose cinq cens ans aprés, à la mort de GE'RAUD. On la voit encore à présent dans l'Eglise Romaine. Le changement que les Prétendus Réformez osent luy reprocher, est donc une fausseté manifeste. Ainsi les Catholiques ont la joye de trouver dans les premiers & dans les derniers tems, la même doctrine, & les mêmes pratiques. Ils ont la consolation de recevoir à la mort, les mémes secours, que les Fidéles ont toujours eu à cette derniere heure.

Si Ge'raud fut attentif à la priére pendant sa vie, il ne le fut pas moins à sa mort. L'extréme foiblesse où il étoit par la défaillance de son corps, ne l'empêchoit point, à l'exemple de saint Martin, de tenir toujours son esprit uni à Dieu. Ce ne fut pas seulement dans le cours de sa maladie, qui fut longue & fâcheuse, qu'il montra cette application aux choses du Ciel : il la fit voir encore jusqu'au dernier soupir. L'espérance

Sever. Sulpit in Vitâ S. Martin.

qu'il avoit d'entrer bientôt dans la céleste Jérusalem, faisoit au milieu de ses plus grands maux, sa plus douce consolation. „ Vous pouvez bien „ reconnoître, disoit-il, à ses plus „ chers amis, que le moment de „ nôtre séparation approche. Mais „ j'espére de la miséricorde de Dieu, „ qu'il conduira mon ame dans sa de„ meure éternelle, que sa bonté me „ destine, tandis que mon fragile „ corps sera reduit en poudre. D'autre-fois on luy entendoit dire, les yeux élevez au Ciel, & versant des larmes : *Qui me délivrera de ce corps mortel.*

Rom. 7. 24.

L'UNION INTIME & continuelle avec Dieu, la forte espérance en ses miséricordes, & le désir ardent de mourir pour le posséder, sont les marques de la mort des Justes. Mais d'où viennent elles?

de la charité qui naît, comme dit S. Paul, *d'un cœur pur*, *d'une bonne conscience*, *& d'une foy vive*. On ne doit donc pas être surpris de trouver ces marques dans la mort de GERAUD, puis qu'il n'avoit travaillé toute sa vie, que pour acquerir les trois grandes vertus, dont S. Paul vient de parler. C'est pourquoy, bien que dans ce moment terrible il marquât peut-être de la crainte par la fragilité de la chair, son esprit néanmoins étoit dans la joye se voyant prés d'arriver à la felicité, l'objet de tous ses desirs. Ainsi l'on voyoit en luy l'accomplissement de cette parole de l'Ecriture : *Le Juste est rempli de confiance à l'heure de la mort.*

1. Timot. 1. 5.

Sap. 4.7.

CEUX DU PAYS, qui avoient toujours regardé ce Prince comme un homme d'une pieté extraordinaire, luy rendirent, dés qu'il fut expiré, tous les devoirs que demande la Religion. Ses Officiers, suivis d'une multitude incroyable de peuple, portérent son Corps à Aurillac, & le mirent auprés de l'Autel de S. Pierre. Il se fit beaucoup de Miracles à son Tombeau ; & les démons mêmes redoutant sa puissance sortirent du corps d'un homme de qualité.

MAIS ces Miracles ne commencerent pas à sa mort ; il en avoit fait plusieurs durant sa vie, soit avec le Signe de la Croix, soit avec l'eau dont il se lavoit les mains. Et cela n'étoit pas nouveau. L'Histoire Ecclesiastique nous en conserve un grand nombre d'exemples qu'il seroit trop long de rapporter icy. Mais ce qu'il faut bien remarquer, est que la promesse de Nôtre-Seigneur, que *ceux qui croiront en luy, feront des miracles, & même plus grands que les siens*, ne s'accomplit que dans la seule Eglise Catholique. *Marc.* 16. 17. *Joan.* 14. 12.

AU RESTE, saint Odon dans l'Ouvrage, dont on donne la Traduction au Public, ne marque le tems ni de la Naissance ni de la MORT de S. GE'RAUD. Il ne dit pas même sous quels Roys il a vêcu : si l'on vouloit néanmoins s'en rapporter précisement aux paroles de cet Historien, il sembleroit que S. GE'RAUD seroit mort dans une assez grande vieillesse. Mais en consultant d'autres Auteurs qui en ont parlé, on voit qu'il est né en 855. sous le Regne de Charles le Chauve, & qu'il est mort sous celuy de Charles le Simple en 918. ou même plus tard.

LE P. Dominique de Jesus Carme

Déchaussé dans son Histoire des trois saints Protecteurs de la haute Auvergne, imprimée à Paris en 1635. assure que le jour & l'année de la Mort de S. GE'RAUD sont exactement marquez par S. Odon à la fin d'une Homelie qu'il fit en l'honneur de ce Saint, & dans une Prose qui la suit ; que cette Homelie & cette Prose se trouvent dans le Manuscrit d'Aurillac ; & que quoyque cette Homelie n'ait pas été imprimée, elle peut néanmoins passer pour le 5me. Livre de l'Histoire de S. Odon. Voicy les passages rapportez par le P. Dominique: *Migravit autem beatus Geraldus, mense octavo, tertiò idus ejusdem, anno ab Incarnatione Domini* DCCCCXVIII. *Romanæ Ecclesiæ præsidente Joanne Papa nono, Imperante Berengario, regnante in Franciâ Carolo minore.*

Octobris tertiò idus

Geraldus aureum sydus
Sanctum fecit transitum.
Anno Christi Nongenteno
Octavo quoque & deno
Deo dedit spiritum.
Joanne nono regente
Papatum, & Imperante
Domno Berengario,
Carolo Rege minore
Magno jugiter honore
Sanctorum rosario.

De sorte que suivant cette Homelie & cette Prose la Mort de S. GE'RAUD arriva le 13. d'Octobre en 918. Il semble même qu'on peut inferer des Lettres Patentes de Charles le Simple données le 2. Juin 920. en faveur du Comte GE'RAUD & de son Monastére d'Aurillac, qu'alors il étoit encore vivant, quoyque la Chronique de Limoges mette sa Mort en 917.

LA VIE
DE
S. GÉRAUD
COMTE
D'AURILLAC,

ECRITE * EN LATIN

* Bibliothec. Cluniacensis, Col. 65.

PAR S. ODON

SECOND ABBÉ

DE CLUNY.

*Et Traduite en François par M****

EPITRE DE SAINT ODON.

ODON, SERVITEUR DE SES FRE'RES, AU TRE'S DIGNE ET TRE'S VE'NE'RABLE DOM AYMON * ABBE'. SALUT A JAMAIS EN JESUS-CHRIST.

* Abbé de Saint Martial de Limoges.

CE n'est pas sans crainte, Mon très Vénérable Pére, que j'entreprens l'Histoire de la Vie, & des Miracles du Bienheureux GE'RAUD, *pour déferer à l'ordre que vous m'avez donné il n'y a pas longtems, de le faire comme je pourrois. D'un côté, je crains qu'il n'y ait de la présomption d'entreprendre une chose qui est au dessus de mes forces ; & de l'autre, si je ne me rends pas à vos ordres, j'apprehende d'être coupable de desobeïssance. Mais je surmonte cette crainte par la confiance en la bonté de Jesus-Christ, & aux mérites de l'obeïssance ; & je vous prie d'implorer cette même Bonté pour m'obtenir la grâce d'écrire de sorte pour son amour, la Vie de son Serviteur Géraud, que le récit que j'en feray, ne soit pas entierement indigne d'un Homme qu'il a voulu glorifier ; & que je le fasse sans m'attirer de blâme. C'est pour l'éviter, que j'ay passé sous silence certaines choses, que vous voudriez peut-etre que j'eusse dites, mais je me suis contenté de celles que j'ay apprises en vôtre présence, de personnes dignes de foy. Adieu.*

PRE'FACE

LA VIE DE S. GERAUD COMTE D'AURILLAC,

ECRITE * EN LATIN PAR S. ODON IIe. ABBE' DE CLUNY.

* Bibilothec. Cluniacensis, Col. 65.

Et traduite en François par M. COMPAING Curé de Savenés au Diocése de Toulouse.

EPITRE.

ODON, SERVITEUR DE SES FRERES, AU TRE'S DIGNE ET TRE'S VE'NE'RABLE DOM AYMON * ABBE', SALUT A JAMAIS EN JESUS-CHRIST.

* *Abbé de S. Martial de Limoges.*

Ce n'est pas sans crainte, Mon trés

vénérable Pére, que j'entreprens l'Histoire de la Vie, & des Miracles du Bienheureux Géraud, pour déferer à l'ordre, que vous m'avez donné il n'y a pas longtems, de le faire comme je pourrois. D'un côte je crains qu'il n'y ait de la présomption d'entreprendre une chose, qui est au dessus de mes forces; & de l'autre, si je ne me rends pas à vos ordres, j'apprehende d'être coupable de désobeïssance. Mais je surmonte cette crainte par la confiance en la bonté de Jesus-Christ, & aux mérites de l'obeïssance; & je vous prie d'implorer cette même bonté pour m'obtenir la grace d'écrire de sorte pour son amour, la Vie de son Serviteur Géraud, que le récit que j'en feray, ne soit pas entierement indigne d'un homme, qu'il a voulu glorifier; & que je le fasse sans m'attirer de blâme. C'est pour l'éviter, que j'ay passé sous silence certaines choses, que vous voudriez peut-etre que j'eusse dites, mais je me suis contenté, de celles que j'ay apprises en vôtre présence, de personnes dignes de foy. Adieu.

PRÉFACE

DE SAINT ODON,

Sur le premier Livre de la Vie de S. GE'RAUD *Comte d'Aurillac.*

LA plus-part des gens du monde doutent si les choses, qu'on rapporte du Bienheureux GE'RAUD, sont véritables. Plusieurs même les croyent absolument fausses. D'autres l'élévent indiscrétement, comme un homme puissant, riche, vivant dans les délices, & cependant comme un Saint, pour trouver par son exemple *des excuses à leurs péchez*, & justifier leur maniére de vie toute opposée à la sainte rigueur de l'Evangile. Ps. 140. 4.

IL est à propos, ce me semble, de répondre aux uns & aux autres selon nôtre capacité; car nous mêmes ayant oüi parler, il y a longtems, de ses miracles, ne laissions pas d'en doûter ; etant assez ordinaire que sur certains bruits il se fasse un concours de Peuple, qui se dissipe ensuite peu à peu, parce que ces bruits n'ont aucun fondement. Mais ayant été obligé de visiter nos Fréres de Tulle, nous résolumes d'aller au Tombeau du Saint. Là nous fimes venir quatre personnes qui avoient eu plus de part à sa confiance, sçavoir le Moine Hugues, Hildebert Prétre, & deux Seigneurs Laïques Vitard & Hildebert, comme aussi plusieurs autres. Nous nous informâmes avec grand soin de ses mœurs & de sa maniére de vivre. Nous les appellâmes en particulier l'un aprez l'autre ; & ensuite nous les assemblâmes tous, & nous n'oubliâmes rien pour examiner le témoignage de chacun d'eux ; & si leurs témoignages s'accordoient. Nous pesions toutes choses en nous mêmes, pour nous assûrer s'il étoit vray qu'il eût vêcu d'une maniére à nousfaire juger que Dieu eût voulu relever sa gloire par des miracles. Nous connumes clairement par tout ce qu'ils nous en dirent, que sa vie avoit été toute céleste, & que Dieu avoit opéré par son ministére des miracles éclatans, & en grand nombre ; & délors il ne nous fût pas possible de douter de sa sainteté.

Ce qui nous pourroit causer plus d'étonnement, seroit de voir des Miracles dans ce malheureux siécle, quoyque le refroidissement presque universel de la charité, & les approches du Regne de l'Antechrît soient des circonstances, qui devroient faire cesser les Miracles. Mais ce Dieu bienfaisant pourroit-il oublier ses promesses, lors qu'il nous dit par la bouche de Jéremie : *Je ne cesseray jamais de faire du bien à mon Peuple ?* Jerem. 32. 40. L'Apôtre même ne parle t'il pas de cette marque de la bonté de Dieu, & ne nous assûre-t'il pas qu'*il n'y aura aucun siécle, où Dieu ne fasse des choses,* Act. 14 16.

qui rendront témoignage à ſa puiſſance, & que ſa main bienfaiſante remplira dans tous les tems les cœurs des hommes juſtes d'une joye ſainte? Si donc la divine Bonté veut bien renouveller en nos jours les merveilles, qu'elle a fait éclater autrefois en faveur de nos Péres, quel ſera l'incrédule, qui oſera réſiſter à ſa voix?

QUE ſi Dieu fait ces merveilles dans nôtre ſiécle & par le miniſtére d'un homme qui a vécu de nos jours, c'eſt parce que les exemples & les paroles des Saints des tems paſſez paroiſſent preſque entiérement effacez de la memoire des hommes, comme les morts qu'on oublie auſſi-tôt.

CE Serviteur de Dieu, comme un autre Noé; ayant été fidéle à garder la Loy au milieu de la corruption du ſiécle, Dieu le propoſe au monde, comme un ſpectacle & un témoignage, afin qu'en voyant qu'il a vêcu ſelon toutes les régles de la juſtice & de la piété, on s'excite à imiter un homme, qui repand ſi prez de nous une lumiére auſſi éclatante, & qu'on ſoit convaincu que l'obſervation de la Loy de Dieu n'eſt ni peſante ni impoſſible, puis qu'elle a eté pratiquée par un hõme engagé dans le ſiécle, & fort puiſſant. Or rien n'eſt ſi pernicieux, ni ſi propre à nous entretenir dans la nonchalance, que le peu de réflexion qu'on fait d'ordinaire ſur les récompenſes ou ſur les peines qui nous attendent aprez cette vie, quoy que l'Ecriture ſainte nous avertiſſe de méler ſans ceſſe la penſée de la mort dans toutes nos actions.

DIEU a donc voulu exalter ſur la terre celuy qu'il a couronné dans le Ciel, pour confondre les impies qui le mépriſoient, & leur montrer par ces marques extérieures de ſa toute-puiſſance, que ce n'eſt pas en vain qu'on s'attache au ſervice de Dieu, & que comme il nous l'aſſûre luy-même *il glorifiera ceux qui le glorifient, & couvrira de confuſion ceux qui mépriſent ſes ſaintes Loix.* Ainſi, comme 1. Reg. 2. 30.

nous sommes persuadez, que Dieu a mis en nos jours l'exemple de S. GE'RAUD devant les yeux des Puissans du siécle pour les porter à le suivre, qu'ils prennent garde, que Dieu ne leur reproche un jour de n'avoir pas voulu imiter un homme d'une Naissance aussi illustre que la leur, & qui s'élevera contr'eux devant le Tribunal du redoutable Juge, comme la Reyne de Saba s'élevera un jour contre les Juïfs pour les condamner.

NOUS prendrons occasion des actions de sa vie de donner à propos quelques avis aux Grands du monde, comme vous l'avez voulu. Car c'est par les instantes priéres de l'Evêque Turpion, du vénérable Abbé Aymon, & de beaucoup d'autres personnes, que nous avons été obligez d'entreprendre cet Ouvrage. C'est inutilement que j'ay voulu me couvrir du voile de mon peu de capacité pour m'en dispenser. Ils m'ont fermé la bouche, en m'assûrant qu'il valoit mieux écrire cette Vie sainte

* *Evéque de Limoges.*

d'un ſtile ſimple & groſſier, que de la laiſſer tomber dans l'oubli. J'ay conſideré auſſi qu'une narration pompeuſe & fleurie ne conviendroit guére à une profeſſion éloignée du faſte, & à l'humilité que doit avoir un Religieux.

Du reſte, j'ay ſuivi dans cette Hiſtoire la foy des témoins. Ils ne m'ont pas rapporté un grand nombre de ces choſes extraordinaires que le vulgaire admire, mais ils ſe ſont attachez à celles qui marquent que ç'a été un homme trés ſage, réglé dans ſa piété, attentif à ſes devoirs, & animé de cet eſprit de charité & de miſericorde, que Dieu priſe plus que tout le reſte ; car il dira dans ſon Jugement à pluſieurs de ceux qui auront prophetiſé & fait des miracles: *Je ne vous connois pas* ; au lieu qu'à ceux qui auront accompli toute juſtice, comme l'a fait ſi excellemment S. GE'RAUD, il dira : *Venez les bénis de mon Pére.* Et véritablement, que liſons-nous de ces ſaints Perſon-

Math. 25. 12.

Ibid. v. 34.

nages Job, David, Tobie, & d'autres ſaints Patriarches, que nous ne trouvions dans le Comte GERAUD ? Auſſi ne doutay-je pas, qu'il n'aït été trouvé digne de la compagnie des Saints, puiſque le céleſte Rémunérateur veut bien opérer des Miracles par ſon miniſtére. Aprez avoir donc fait ſon apologie dans cette Préface, je vais commencer d'écrire ſa Vie au nom de Jeſus-Chriſt.

LA VIE DE S. GÉRAUD COMTE D'AURILLAC.

LIVRE PREMIER.

I. *Naissance de S. Géraud.*

SAINT GE'RAUD vint au monde à Aurillac, dans cette partie des Gaules, qu'on appelloit autrefois *Celtique*, entre l'Auvergne, le Quercy, & l'Albigeois. Il étoit Fils du Comte

Géraud & de la Comtesse Adeltrude, l'un & l'autre issus de la première Noblesse du Royaume, & plus illustres encore par leurs vertus. La piété étoit même comme héréditaire dans leur Maison. On en a deux grands témoins, qui en sont sortis: sçavoir S. Césaire Evéque d'Arles, & le Bienheureux Arède Abbé de S. Yrier. Il reçût de ses Parens avec des grandes richesses une éducation toute chrêtienne. Mais il y répondit merveilleusement par sa docilité, & par toutes les bonnes qualitez de l'ame, qui faisoient juger que Dieu l'avoit prévenu de sa grace, & qu'il l'avoit destiné à une sainteté éminente: & véritablement c'est un grand honneur pour ses Parens d'avoir mis au monde, & élevé si chrêtiennement un Fils, qui devoit faire la gloire de leur Païs, & celle de leur Famille dans toute la suite des siécles.

II. *Piété de son Pére; & vision*

Son illustre Pére étoit si retenu dans l'usage du mariage, qu'il se séparoit souvent de sa Femme pour *vaquer avec plus de liberté à la priere*, selon l'avis de l'Apôtre. Il arriva donc, qu'une nuit il crût entendre dans le sommeil une voix qui l'avertissoit de reprendre le lict de sa fême, & que de leur union naîtroit un Fils. Il fût en même tems averti de luy imposer le nom de GE'RAUD qu'il portoit luy-même, & que cet Enfant seroit un jour un grand homme. S'étant ensuite rendormi, il luy sembla que du gros doigt de son pié il sortoit un arbrisseau qui crût insensiblement jusques à devenir un grand arbre, dont les branches s'étendoient bien loin : là dessus croyant appeller ses gens, il leur ordonna d'apporter des fourches pour appuyer les branches de cet arbre ; & bien qu'il luy parut croître toujours de plus en plus, il ne trouvoit point qu'il pesât sur son pié. Véritablement les songes ne sont pas toûjours vains ; & s'il y a quelque occasion d'y croire, la suite de celui-cy en marque la verité. Mais voicy une autre preuve incontestable de

sur sa naissance.
1. Cor. 7. 5.

la pieté future de nôtre Saint, avant même qu'il vint au monde.

III. *Autre merveille sur sa naissance.*

LA Comtesse sa Mére, neuf jours avant sa naissance, s'entretenant dans le lict avec le Comte, l'Enfant jetta un grand cry qu'ils entendirent tous deux. Etonnez d'un tel prodige, & ne sçachant ce que ce pouvoit étre, ils appellerent une femme de chambre, & se faisant apporter de la lumiére, ils luy firent parcourir tout l'endroit où ils etoient, pout sçavoir d'où ce cry pouvoit venir. Cette femme n'ayant rien trouvé, on entendit une seconde fois, & peu de tems aprez une troisiéme, comme le cry d'un enfant qui vient de naître ; ce qui etant tout à-fait contre l'ordre de la nature, ne pouvoit étre attribué qu'à la main de Dieu, qui vouloit marquer par ce prodige la naissance de cet Enfant, le faire commencer dés le ventre de sa Mére à rendre homage à la sainte Trinité, & donner dans cette voix miraculeuse une idée de la réputation de sainteté dont il devoit remplir le monde,

APREZ étre sorti de sa premiére enfance, dans cet âge tendre où les inclinations naturelles des enfans se montrent à découvert & sans artifice, on remarquoit sur son visage tous les traits d'un naturel merveilleux. On sçait que dans ces premiéres années il est ordinaire aux enfans de se livrer sans beaucoup de ménagement à la colére, à la jalousie, à la vengeance, & à des passions semblables; mais GE'RAUD fût parfaitement exempt de ces defauts de la jeunesse. Il avoit une douceur, que rien n'étoit capable d'alterer, une modestie charmante; & les agrémens naturels de cet âge joint à de si heureuses dispositions le rendirent aimable à tout le monde.

IV. *Son education.*

IL apprit les premiers elemens des sciences, & fût dressé de bonne heure aux exercices de la guerre & de la chasse, qui étoient alors l'occupation ordinaire de la Noblesse. Mais une indisposition, qui luy survint, & qui parut par sa durée le devoir rendre peu propre à la guerre, porta ses Parens à l'appliquer à l'étude, résolus de le faire entrer dans l'Eglise, si Dieu l'y appelloit. Il apprit la Musique & la Grammaire; ce qui luy fût d'un grand usage dans la suite, ayant d'ailleurs un esprit vif, & une grande facilité à apprendre.

V. *Ses premieres occupations & son attachement à la lecture des Livres saints.*

A peine fût-il sorti de l'enfance, que la vigueur de son tempérament surmontant l'humeur maligne, qui faisoit craindre pour sa vie, il parut tout autre qu'on ne l'avoit vû jusqu'alors. Son adresse à manier un cheval étoit si grande qu'il s'élançoit dessus avec une agilité & une force merveilleuse. Le renouvellement de vigueur luy donna dabord quelque inclination pour l'exercice des armes. Mais la douceur qu'il trouvoit déja dans la lecture des Livres sacrez dont il faisoit ses chastes délices le remplit de tant de force & de constance, qu'il méprisa toute la gloire qu'il auroit pû acquerir dans cette noble carrie-

re

re pour s'appliquer tout entier aux exercices de piété, persuadé sur la parole de l'Ecriture, que *la sagesse vaut mieux que les forces du corps*, & qu'elle est l'unique source des véritables biens, & de la solide gloire. Aussi rien ne fût-il capable d'étouffer en luy le desir qu'il avoit de se rendre de plus en plus versé dans la science des divines Ecritures; en quoy il excelloit si parfaitement qu'il étoit en état d'instruire les plus habiles. Sap. 6. 1.

VI. *Son recueillement au milieu des affaires temporelles.*

SES Pére & Mére étant morts, quoy qu'il se vit le maître des grands biens qu'ils luy avoient laissez, il n'imita pas ces jeunes gens peu sensez, que la vûë d'une riche succession enfle d'orgueil. Mais il conserva toujours sa retenuë & sa modestie ordinaire. A mesure qu'il croissoit en dignité & en puissance, l'humilité jettoit de plus profondes racines dans son cœur. Comme il ne pouvoit éviter de se donner quelque soin pour recueillir la succession de ses

Parens, & pour maintenir les droits, qui y étoient attachez, il se voyoit arracher avec regret à la douceur d'une vie retirée & toute interieure, pour se répandre au dehors dans le soin des affaires temporelles. Il ne quittoit qu'avec beaucoup de peine cette douce solitude, qu'il s'étoit faite dans le secret de son cœur, & il y rentroit sitôt qu'il luy étoit possible. Mais pendant qu'il paroissoit descendre de ce haut degré de contemplation, comme pour ramper dans la bassesse des choses de la terre, afin de se garantir des atteintes mortelles du péché, il cherchoit un asile dans l'exercice de l'amour divin & la méditation des saintes Ecritures, comme les Chévres sauvages en cherchent un dans leurs cornes en les baissant pour ne pas recevoir des coups mortels dans les précipices où elles tombent. Il imitoit ainsi le Prophéte Roy, qui ne permettoit pas que le sommeil s'emparât de ses yeux, * jusqu'à ce que dégagé de toutes les

* Ps. 131. 4. & 5.

ſollicitudes de la journée, il eut préparé une demeure à Dieu dans le fonds de ſon cœur, & goûté dans le ſilence *combien le Seigneur eſt doux à ceux qui l'aiment* Auſſi pourrions-nous dire de luy, ce que l'Ecriture dit du ſaint homme Job, que *la pierre*, c'eſt à dire Jeſus-Chriſt, *faiſoit couler dans ſon ame des ruiſſeaux d'huile, de peur que les eaux*, je veux dire les ſollicitudes du ſiécle, *n'eteigniſſent en luy la lumiere de la charité.* Il ſoûpiroit ſans ceſſe aprez cette ſolide nourriture de ſon cœur; mais ſes occupations domeſtiques demandoient de luy qu'il interrompit pour quelque momens la douceur d'une vie ſi tranquille & ſi ſainte, & qu'il s'appliqâât aux affaires du ſiécle pour le bien des autres.

Job 29. 6.

Cant. 8. 7.

VII. *De quelle maniere* il *ſoutenoit ſes Vaſſaux contre la violence de leurs ennemis.*

Il ſe vit donc comme obligé par les continuelles remontrances que luy faiſoient ſes Officiers de donner quelques ſoins aux affaires du monde. C'étoient des plaintes continuelles de leur part. „ Un Prince ſi puiſſant,

„ disoient-ils, peut-il souffrir les rava-
„ ges que des petites gens font impu-
„ nément dans tous ses Domaines; &
„ s'ils s'apperçoivent qu'on les laisse
„ faire, n'en deviendront-ils pas plus
„ hardis ? N'est-il pas plus glorieux,
„ & même plus conforme aux Loix
„ de Dieu, de défendre ses droits
„ par les armes, de porter la guerre
„ sur les terres de ses ennemis, & de
„ réprimer leur audace ? Ils ajoutoi-
„ ent, que la véritable sagesse de-
„ mandoit qu'on les repoussât par la
„ force des armes, plutôt que de souf-
„ frir lâchement qu'ils opprimassent
„ des personnes sans défense & ces
„ sujets. Ces plaintes qui venoient souvent frapper les oreilles de GERAUD toucherent son cœur, & luy firent prendre la résolution d'y apporter quelque remède. Il se jetta entre les bras du Seigneur pour apprendre de luy, selon le précepte de l'Apôtre, *à visiter les Veuves & les Orphelins, & à se garentir de la corruption du siécle.*

Jac. 1. 27.

VIII. *Sa maniére chrêtienne de faire la guerre.*

IL se prépara ensuite à réprimer l'insolence de ces audacieux, tout disposé à leur offrir la paix & à les recevoir en grace pour peu qu'ils se reconnussent. Il voulut ainsi ou *vaincre le mal par le bien*, ou s'ils s'opiniâtroient dans leur revolte mettre DIEU & la justice entiérement de son parti. Un motif si chrêtien le porta souvent à leur faire des caresses extraordinaires, & à leur offrir son amitié. Mais la malice de ses emportez etoit montée à son comble ; & bien loin d'être touchez d'une si grande bonté, ils en faisoient des railleries. Alors ne consultant que la générosité de son cœur & la grandeur de son courage, il se mit en devoir, selon cette parole de Job, *de briser les mâchoires des méchans pour leur arracher la proye.*

Rom. 12. 21.

Job. 29. 17.

CE ne fût donc, ni par un mouvement de vengeance, comme il est assez ordinaire dans le monde, ni pour s'attirer les loüanges des hommes, mais par un amour tendre pour

les Pauvres, qui n'étoient pas en état de se défendre, qu'il entreprit cette guerre Il considera que s'il souffroit plus longtems ces violences, on le pourroit accuser avec raison d'avoir negligé leurs intérets, contre le précepte de l'Ecriture, qui veut *qu'on*
Ps. 81, 4. *arrache le pauvre & l'indigent des mains des pécheurs, & qu'on prenne leur défense contre les Puissances du monde.*

QUELQUEFOIS dans l'inévitable necessité de combattre, il ordonnoit aux siens d'un ton impérieux de marcher aux ennemis sans leur presenter la pointe de l'épée ; cela eût paru ridicule aux ennemis, si dans un instant GE'RAUD soutenu d'une force divine ne leur eût fait sentir la pesanteur de son bras. Ses gens mêmes en eussent été surpris autant que les autres, s'ils n'avoient reconnu par expérience, que la pieté qui triomphoit du saint Comte au commencement du combat, le rendoit toûjours invincible. Voyant donc que par cette nouvelle maniére de combattre, que la piété conduisoit, il sorroit toûjours victorieux de toutes ses entreprises, ils changerent leurs railleries en admiration. Assurez de vaincre sous un chef si fidéle à Dieu, ils obéïssoient à ses ordres avec joye ; & l'on n'entendit jamais dire que la victoire eût trompé leurs esperances. Telle étoit cependant la protection de Dieu sur GE'RAUD qu'il ne blessa jamais personne, ni ne fût blessé luy-même. *Le Seigneur étoit à ses côtez*, comme parle l'Ecriture, & il portoit ses yeux jusques dans le cœur du Comte, où il voyoit que ce n'étoit point pour perdre ses ennemis, qu'il avoit pris les armes, mais pour réprimer leur audace. Ps. 15. 8.

QUE personne ne soit surpris qu'un Homme Juste ait fait la guerre, quoyque cela paroisse si peu convenir à la Religion. Si l'on examine les choses mûrement, la gloire de GE'RAUD n'en sera point ternie. En effet ne trouvons-nous pas, que plusieurs d'entre les anciens Patriarches, tout Saints & tout patiens qu'ils étoient, n'ont pas laissé, quand la Justice l'a demandé, de prendre vaillamment les armes, afin de repousser leurs ennemis. Abraham ne les prit-il pas, pour tirer son Neveu des mains de ses ennemis? David ne les prit-il pas de même contre son propre Fils? A leur imitation, GE'RAUD crût devoir faire la guerre, non pas pour ravir le bien des autres, mais pour conserver le sien, ou pour mieux dire celuy de ses Sujets; instruit de cette parole de l'Apôtre, que *ce n'est pas sans raison que le Prince porte l'épée*, & qu'il est *le vengeur des intérets de Dieu*.

Rom. 13. 14

IL étoit donc permis à un Seigneur laïque de défendre par la force des armes un Peuple innocent qui luy étoit soumis, comme il est permis d'arracher la Brebis *de la gueule du loup, qui marche dans la nuit*, suivant l'expression de l'Ecriture. Comme les Censures de l'Eglise ne pouvoient arrêter les violences de ceux qui

Hab. 1. 8.

opprimoient ce Peuple il falloit employer la force des armes, ou la sévérité des jugemens. S'il a combattu, ç'a été pour les intérets de Dieu, pour lequel tout *l'Univers combat contre les insensez*; & bien loin qu'une telle guerre ternit la réputation de GE'RAUD, elle tournoit au contraire à sa gloire, puis qu'il a été toujours victorieux de ses ennemis sans fraude, sans ruse & que DIEU l'a si fort protegé qu'il n'a jamais trempé ses armes dans le sang humain, comme nous l'avons déja observé. Que ceux donc qui sur son exemple font la guerre à leurs ennemis, apprennent aussi de son exemple à ne point chercher leurs propres avantages mais ceux du Public. Car on n'en voit que trop, qui par un vain amour de la gloire ou de l'intêret se précipitent témérairement dans les périls, & s'exposent avec une joye insensée à des maux cuisans pour des récompenses humaines ausquelles mêmes ils ne parviennent pas toujours. Sap. 5.21.

IX. *Comment il réſiſtoit aux attaques du démon & ſur tout à l'impureté.*

L'ANCIEN ennemi des hommes, qui voyoit en ce jeune Seigneur des mœurs au deſſus de ſon âge, & je ne ſçay quoy de divin, rongé par ſon envie deteſtable, faiſoit tous ſes efforts pour le détourner du chemin de la vertu. Mais GE'RAUD déja inſtruit à chercher un aſyle auprez de Dieu par la priére, réprimoit tous les traits du démon par le ſecours de la grace de Jéſus-Chriſt. Toutefois cet implacable ennemi, qui ſçavoit par expérience, que GE'RAUD étoit à l'épreuve de toutes les attaques de la chair, tourna ſa rage d'un autre côté, & luy ſuſcita des mêchans pour luy faire la guerre, perſuadé que ce qu'il ne pouvoit faire par luy-même, je veux dire, renverſer l'édifice ſpirituel d'une ſolide piété que GE'RAUD avoit élevé dans ſon cœur, il le feroit peut-etre par le miniſtére de ſes ſupôts.

X. *Il fait une rude péni-*

NE'ANMOINS il n'abandonna pas le deſſein de le tenter ſur la chaſteté, pour laquelle ce jeune homme avoit un amour tout particulier. Il ſçavoit, cet eſprit de malice, que c'étoit une choſe aſſez nouvelle dans le monde, qu'un homme de ſon âge eut cette vertu ſi fort en recommandation. Il employa donc pour lüy ravir cette précieuſe fleur de la virginité, tout ce qui eſt le plus capable de la faire perdre. Il luy repréſentoit ce vice dont il tire ſes plus forts traits pour bleſſer les ames ſous les idées les plus capables de l'y faire tomber. Sa fureur augmentoit par la réſiſtance. Il mit donc en uſage l'ancienne ruſe dont il ſe ſervit autrefois pour tromper nôtre premier Pére & une infinité de ſes Enfans, je veux dire le miniſtére d'une femme. Il fit en ſorte qu'une jeune fille d'une grande beauté ſe préſenta à ſes yeux, A la premiére vûë, le Saint ſurpris, & trop attentif aux charmes de cette créature, ſentit naître en luy une ſecrete ardeur pour elle. Il détourna dabord

ténce pour une tentation à laquelle il n'avoit pas cedé abſolument.

ses yeux d'un objet si dangereux ; mais l'idée ne pût étre sitôt effacée de son esprit. Il en étoit tourmenté comme malgré luy ; & le feu de l'impureté prenant de nouvelles forces dans son cœur, il fit sçavoir à la Mére de la Fille qu'il l'iroit voir la nuit suivante. Il suivit de prez le messager ; & il couroit ainsi à la perte de son ame. Mais comme les Captifs se souviennent toujours de la liberté qu'ils ont perduë au milieu de leurs chaînes, GE'RAUD ne se fût pas plutôt mis en chemin, que rappellant les douceurs ineffables de l'amour divin qu'il avoit tant de fois éprouvées ; & considérant d'un autre côté son état présent, plein de trouble & d'inquietude, il se tourna vers Dieu avec beaucoup de larmes, le conjurant de toute l'ardeur de son ame, de le garantir des funestes suites de cette cruelle tentation. Il se rendit néanmoins au lieu marqué. La jeune Fille s'y trouva de même ; & comme s'étoit en hyver, elle se mit auprez du feu vis à vis de luy ; mais l'ineffable bonté du Seigneur avoit déja regardé GE'RAUD d'un œil de misericorde. Cette Fille luy parut si difforme qu'il ne pût croire que ce fut celle qu'il avoit vûë le matin, jusqu'à ce qu'il en fut éclairci par le témoignage même du Pére. Alors persuadé qu'un changement si extraordinaire ne pouvoit venir que du Ciel, & poussant un profond soûpir, il se tourna vers le Pére des Miséricordes. Aussi-tôt il sortit, & remontant à cheval, il se retira à toute bride.

POUR punir l'ardeur criminelle qu'il avoit ressentie, il passa dehors le reste de la nuit souffrant un extréme froid. Il commanda ensuite au Pére de marier au plutôt cette Fille qu'il affranchit, & luy donna en même tems une dot convenable. Peut-être en usa-t'il ainsi, craignant pour sa propre foiblesse. „ O vous „ Cédre futur du Ciel, comment „ aviez-vous pû être ainsi agité du

„ vent d'une ſi terrible tentation.
„ C'étoit pour vous faire reconnoî-
„ tre dequoy vous étiez capable par
„ vous-même. Auſſi voyons-nous,
„ que le Prince des Apôtres que vous
„ aviez choiſi pour vôtre Protecteur,
„ & auquel vous vous conſacrâtes
„ vous-même dans la ſuite avec tout
„ ce qui vous appartenoit, n'auroit
„ jamais connu parfaitement ſa pro-
„ pre foibleſſe, ſi la tentation ne
„ l'avoit éprouvé. „ Vous donc,
„ grand Saint, qui avez expéri-
„ menté ce qu'eſt l'homme par luy-
„ même, & ce qu'il eſt par la grâce,
„ compatiſſez à la fragilité de ceux
„ qui recourent à vous.

XI. *Comment il vainquoit les tentations par la prière.*

Nous ſçavons combien il eſt ordinaire aux Saints d'étre tentez : ils naiſſent comme les autres hommes avec des inclinations portées au mal : c'eſt par des combats continuels qu'ils remportent la victoire, & qu'ils ſont couronnez dans le Ciel. Il faut donc qu'une ame qui reçoit le poiſon mortel du vice, ſuccombe enfin ou qu'elle demeure victorieuse de ses actions, si elle se soutient par la résistance. Que si ayant pris soin de se remplir des chastes douceurs de la vertu, elle se trouve surprise pour un moment des faux attraits du péché, c'est dans la priére qu'elle doit puiser la force nécessaire pour s'en garantir. Ainsi ce jeune Prince devenu plus circonspect par cette expérience, de même qu'un homme qui craint de faire une chûte dans un pas glissant, marchoit avec précaution, & veilloit soigneusement à la garde de ses sens de peur que la mort n'entrât dans son ame par ces *fenêtres*, comme parle l'Ecriture.

XII. *Avec quelle soumission à la Justice de Dieu, il souffrit d'être aveugle, sans trop rechercher les remédes.*

Au reste le Dieu de Bonté & de Justice, qui avoit garanti son Serviteur d'un si grand danger, luy fit bientôt porter la punition de sa faute ; car quelque tems aprez il permit qu'il devint aveugle ; ce qui dura plus d'un an. Ainsi ses yeux, qui s'étoient portez trop curieusement ſur un objet défendu, furent privez pour un tems de la vûë, même des choſes permiſes ; ce qui arriva ſans qu'il parut rien d'extraordinaire dans ſes yeux, en ſorte que ceux qui étoient auprez de luy, évitoient autant qu'ils le pouvoient que les étrangers s'en apperçuſſent. Pour luy s'humiliant ſous la main du Seigneur qui le châtioit, il gardoit le ſilence, préparé à tous les fleaux dont il luy plairroit de le frapper. A la verité il ne refuſa pas le ſecours des remédes, mais auſſi ne les recherchoit-il pas avec empreſſement. Il attendoit avec patience le moment auquel Dieu, aprez avoir ſatisfait à ſa Juſtice, retireroit ſes châtimens & ceſſeroit de l'affliger. Il ſçavoit que c'eſt le propre d'un bon Pére de châtier ſon Fils. Car le divin Scrutateur des cœurs, qui y découvre les plus légéres fautes, ne manque guéres de les punir dans ſes Elus en cette vie, afin qu'il n'y ait rien en eux qui puiſſe éloigner ſes

yeux

yeux. Il voulut donc affliger ce jeune homme par l'aveuglement du corps, afinque ce châtiment servit à le purifier de ses fautes passées ; & qu'il en devint plus pur dans la suite. Aussi Dieu satisfait de ses saintes dispositions le délivra-t'il de ce fleau en luy rendant la vûë.

XIII. *Côment il remplissoit les devoirs de Religion lors qu'il étoit obligé de voyager le Dimanche, il prend la coûtume de réciter le Pseautier chaquejour*

CEPENDANT Géraud, instruit par l'affliction qu'il avoit éprouvée, s'appliquoit à mener une vie chrêtienne sans néanmoins porter les choses à l'excez. Il veilloit de sorte à ses affaires domestiques qu'elles ne l'empêchoient pas de vaquer aux exercices de la Religion. Il appella auprez de luy des gens de bien, & même des Ecclesiastiques des plus reglez avec lesquels il vaquoit à la priére soit qu'il fût chez luy ou dehors, & récitoit l'Office Divin tantôt en commun, & tantôt en particulier.

IL arriva qu'un Dimanche il fût obligé de se trouver à une assemblée importante de plusieurs Seigneurs.

Pour ne les pas faire attendre, il résolut d'aller au rendez-vous de bonne heure, & pour cela de partir avant le jour ; car il évitoit avec soin cette orgueilleuse maniére de se faire trop prier, ou de se trouver plus tard que les autres aux lieux marquez, comme il est assez ordinaire aujourd'huy à quelques-uns, qui au sortir du lict se remplissent de viande & de vin, au lieu de se reserver pour les amis chez qui ils vont manger ; contre l'Oracle de l'Ecri-

Eccl. 10. 16. ture : *Malheur à la terre de qui les Princes mangent dez le matin.* Mais GE'RAUD n'en usoit pas ainsi. Il trouvoit que c'étoit une chose honteuse qu'un Seigneur qui se voyoit le maître des autres, devint ainsi l'esclave de ses passions. Il alloit à jeun à ces sortes d'assemblées, de peur de troubler sa raison par l'intempérance. Il s'informoit exactement s'il n'y avoit rien à faire dans ces occasions pour la gloire de Jesus-Christ, pour la paix, ou pour l'utilité publique. S'il falloit faire voyage, il entendoit la Messe aprez l'Office de la nuit au point du jour, & partoit ensuite se recommandant luy-même & les siens à Dieu. Voulant donc partir un Dimanche avant l'aurore, il se mit en chemin sans entendre la Messe, espérant de le faire aprez l'Assemblée ; mais il ne luy fût pas possible. Il courut tout affligé de côté & d'autre pour satisfaire à ce devoir, mais inutilement : de sorte qu'il appella les Ecclesiastiques & les Gentilshõmes qui avoient coutume de chanter l'Office avec luy. „ C'est ma faute, leur dit-il, si nous „ passons ainsi ce saint Jour ; mais je „ voy une chose à faire pour le sanc„ tifier autant que nous pourrons. „ C'est de l'employer à chanter les „ loüanges de Dieu ; & sur le champ il fit réciter tout le Pseautier, en se joignant à eux dans cette divine Psalmodie d'une maniére au dessus de l'homme. Dépuis ce tems là il ne manqua presque jamais de le réciter chaque jour. Il le faiſoit méme avec une joye ſi ſainte, qu'il en paroiſſoit plus ſatisfait qu'un ambitieux ne l'eſt de parvenir à ce qu'il deſire le plus.

XIV. *Ses qualitez du corps & de l'eſprit, & ſon humilité.*

Joan. 6. 64.

Prov. 31. 30.

IL NE SERA PAS hors de propos de marquer ici quelque choſe de ſes qualitez naturelles, & ſur tout de ſon exterieur; car quoyque *la chair ne ſerve de rien*, comme parle l'Ecriture, & que *la beauté & la bonne grâce du corps ſoient miſes au nombre des choſes vaines*, ſelon le Sage, cependant, comme il n'eſt que trop ordinaire, de faire ſervir ces agrémens extérieurs à l'impureté & à l'orgueil, c'eſt une grande loüange pour GE'RAUD d'avoir été un trés bel homme & de ne s'étre point laiſſé aller aux deſordres de l'impureté. Il étoit d'une taille médiocre, mais bien formée; & quoyque tout ſon corps fût parfaitement composé, il avoit ſur tout le cou d'une blancheur ſi extraordinaire & tellement fait pour étre regardé qu'à peine en voyoit-on de ſemblable. La beauté de l'ame répondoit parfaitement à celle du corps, & l'on en voyoit les traces peintes ſur ſon front. C'eſt la parole de l'Ecriture, que *la maniére de rire, & les traits du viſage montrent ce que l'on eſt intérieurement.* Eccli. 19. 26. & 27. Nôtte Saint avoit déja éprouvé *combien le Seigneur eſt doux*, & à quel point les chaſtes embraſſemens de l'Epoux céleſte ſont agréables ; c'eſt pourquoy il ne pouvoit ſouffrir que la beauté de ſon ame fût ternie aux yeux de ce céleſte Epoux par les fauſſes délices de la chair. Ses gens avoient accoûtumé de le baiſer au cou avec des transports d'une joye toute pleine d'affection, & il ne s'en fâchoit pas ; l'orgueil qui eſt toujours farouche n'ayant aucun empire ſur ſon cœur. Il étoit dailleurs léger à la courſe, & d'un tempérament robuſte. Ce que nous ne faiſons pas difficulté de rapporter pour montrer combien de loüanges il mérite pour avoir ſçû conſerver le tréſor de l'humilité parmi tant de sujets de s'élever au dessus des autres ; & à quel point sont blâmables ceux qui avec des qualitez fort médiocres, souvent même sans en avoir, s'enflent d'orgueil & méprisent tout le monde.

IL PERDIT peu à peu cette agilité du corps qui le rendoit si propre à toute sorte d'exercices par la continuelle application qu'il donnoit aux choses du Ciel Néanmoins il conserva toujours un agrément incomparable dans le commerce de la vie civile, & une pénétration d'esprit merveilleuse dans la conduite des affaires. Il évitoit toute sorte de paroles de bouffonerie ; & quoyque ses conversations fussent sérieuses, il ne laissoit pas de gagner le cœur de tous ceux qui l'entendoient. Il n'étoit ni trop sévére dans les répréhensions, ni difficile à pardonner les injures. Il donnoit avec délibération, & ne rétractoit jamais ses dons, tenant exactement sa parole ; à moins qu'il ne fût persuadé qu'il ne le pouvoit faire sans péché.

XV. *Sa tempérance & le soin qu'il avoit de bien recévoir ceux qui venoient manger à sa Table.*

IL AVOIT un si grand amour pour la sobriété, que ne se contentant pas de la pratiquer luy-même, il veilloit avec soin pour la faire pratiquer aux autres. Ceux qui mangeoient à sa table n'excédoient jamais les bornes de la tempérance, soit dans le manger, soit dans le boire. Il ne pressoit personne sur ce point ; & il leur montroit au contraire l'exemple d'une sobriété toute chrêtienne, en sorte que toutes choses étoient tellement mesurées, que personne ne sortoit de chez luy ou rempli de vin, ou triste d'avoir été mal reçû.

QUOYQU'IL prit soin que ses hôtes pour lesquels il étoit toujours en sollicitude, fussent traitez dans sa Maison dés le matin ; pour luy il ne mangeoit jamais avant les neuf heures, & les jours de jûne avant trois heures aprez midy. Ce Prince observoit en cela le précepte de l'Ecriture, *qu'il faut manger pour réparer* Eccl. 10. 17

les forces du corps, & non pour contenter la ſenſualité. Et véritablement y a-t'il quelque vice qu'on doive éviter avec plus de ſoin que l'yvrognerie, puiſqu'elle donne la mort à l'ame, & qu'au ſentiment de l'Apôtre, elle n'exclud pas ſeulement du Royaume des Cieux comme l'homicide, mais qu'elle nuit même extrémement au corps. En effet de là viennent la défaillance des forces, le tremblement des membres, l'épuiſement des eſprits, & enfin une vieilleſſe avancée. La vûë, la parole, les traits du viſage, auſſi bien que l'eſprit de piété, & enfin tout l'ornement intérieur de l'homme ſe déréglent par ce malheureux vice; car perſonne ne peut être rempli de vin, & du ſaint Eſprit; & l'on ne ſçauroit garantir Jéruſalem du feu de la luxure ſi l'on n'éloigne de ſes murailles Nabuzardan le Prince des Cuiſiniers. *

* *S. Odon appelle Nabuzardan* Prince des Cuiſiniers, *parce qu'aprez avoir brûlé Jeruſalem il en emporta juſqu'aux marmites, qui ſervoient aux ſacrifices dans le Temple.* 4. Reg. 25. 14.

XVI. *Son extréme charité pour les pauvres.*

Il faisoit toujours préparer des ſiéges pour les pauvres. Il leur faiſoit même quelque-fois dreſſer des tables en ſa préſence, voulant voir la qualité & la quantité des viandes qu'on leur donnoit. Le nombre de ces Pauvres n'étoit point limité, mais aprez que ceux qui s'étoient préſentez dabord étoient entrez, s'il en ſurvenoit d'autres, on les admettoit de même. Enfin nul de ceux qui attendoient à la porte ne s'en retournoit ſans avoir receu l'aumône. Ses Officiers avoient ordre de tenir toujours des viandes toutes prêtes, & nôtre Saint les diſtribuoit aux Pauvres de ſes propres mains. Il en uſoit de la même maniére à l'égard de la boiſſon; il l'examinoit & la goûtoit luy-même. Il la leur envoyoit enſuite pour s'en ſervir avant luy; ce qu'il accompagnoit de la moitié du pain de ſa table. Perſuadé qu'en la perſonne des pauvres il recevoit Jeſus-Chriſt même, & que c'étoit l'honorer d'une façon trés particuliére que de prendre ſoin d'eux, il les faiſoit entrer dans ſa maiſon pour y recevoir en leur perſonne cé-

met à part la neuviéme partie de ſes revenus pour leur donner.

Is. 28. 12. luy qui se plait à *relever les abbatus*, *& à fortifier les foibles*, comme parle un Prophéte. Aussi n'est-ce pratiquer que fort imparfaitement cette divine charité, que de se contenter de faire l'aumône aux Pauvres au dehors de sa maison sans les y introduire; puisque c'est en quelque maniére exclurre de chez soy Jesus-Christ même, qui a dit : *J'étois étranger & vous m'avez reçû.*

Math. 25. 35.

MAIS voulant surpasser la justice des Pharisiens, selon le précepte du Seigneur, il faisoit mettre à part la neuviéme partie * du revenu de ses terres qu'il employoit à deux usages : l'un à nourrir des Pauvres dans quelques-unes de ses Maisons; l'autre à leur fournir des habits & d'autres choses necessaires. Il donnoit toujours luy-même ou faisoit donner par un fidéle Domestique un écu à chacun de ceux qu'il trouvoit sur son chemin, prenant garde de n'être vû de personne. Quelque-fois même dans la distribution qu'on faisoit de

* *Les Pharisiens ne donnoient que la dixiême partie de leur revenu.*

ces piéces d'argent aux Pauvres, il se mettoit dans leur rang, & en recevoit comme les autres, se rejoüissant & désirant même de leur ressembler. Il distribuoit ensuite avec une charité véritablement chrêtienne ce qu'il avoit reçû.

XVII. *De la lecture & des conversations dans ses répas.*

PENDANT qu'il étoit à table, chacun se tenoit dans une posture convenable au respect qu'on luy devoit. On n'entendoit là ni bouffoneries ni discours fades. On y parloit avec modestie : on n'y disoit que des choses utiles ou nécessaires qu'on entreméloit de piété. Il ne faisoit qu'un repas chaque jour, mais quelquefois dans les grandes chaleurs il mangeoit du fruit ou quelque autre chose semblable. Il faisoit lire longtems durant le repas ; & si l'on discontinuoit en faveur des séculiers, c'étoit pour interroger les Ecclesiastiques sur la lecture qu'on venoit de faire ; mais il prenoit garde de ne s'adresser qu'à ceux qu'il jugeoit capables de luy répondre. Il en avoit plusieurs de qualité dans sa Maison ; & c'étoient des personnes choisies pour les mœurs & pour la doctrine.

Il tenoit une conduite plus austére à l'égard des jeunes gens, connoissant, disoit-il, les périls de cet âge, & persuadé qu'un jeune homme qui s'en garantit peut esperer de vaincre aisément dans la suite les mouvemens dereglez de la chair. Lors donc que ceux ausquels il s'adressoit le prioient de vouloir bien parler luy-même, il le faisoit quelquefois, non avec éclat, ou avec des paroles affectées, mais avec une simplicité noble & pleine d'une solide érudition.

Comme de tems en tems il se trouvoit des gens, qui mêloient dans l'entretien des plaisanteries, ce qui est assez ordinaire, il n'en paroissoit point choqué ; mais sans étouffer entiérement la gayeté, il détournoit adroitement la conversation à des choses plus utiles. Il ne vouloit point qu'il parut de la vanité dans les discours qu'on tenoit devant luy. Il sçavoit que c'est un devoir à tous les Chrêtiens de manger leur pain dans le silence. Sur la fin du repas le Lecteur continuoit à lire. C'est ainsi que GE'RAUD ou parloit de Dieu ou l'entendoit parler par des saintes lectures, employant de cette sorte la plus grande partie du tems qu'il étoit obligé de donner à la nourriture du corps.

QUE CEUX donc, qui contre les saintes instructions d'un Prophéte *assemblent dans leurs repas des concerts & des instrumens de musique*, soient couverts de confusion à la vûë d'un si grand exemple. Est-ce là l'ouvrage du Seigneur, & peuvent-ils entendre dans ce tumulte la voix des pauvres? Quoy donc la parole de Jesus-Christ ne sera-t'elle pas véritable, que *c'est de l'abondance du cœur que la bouche parle*? A ces discours frivoles qu'on entend sans cesse parmi ces personnes enyvrées du plaisir ne reconnoit-on pas quel est l'amour qui

Job 21. 12.

Math. 12. 24.

les posséde. Oh ! qu'ils seroient bien plus dignes de loüange, si à l'exemple de GE'RAUD, se ressouvenant de leur dernière heure, ils pratiquoient ce précepte de l'Apôtre : *Soit*
1. Cor. 10. 31. *que vous mangiez ou que vous beuviez, faites tout pour la gloire de Dieu.*

XIX. *Son abstinence.*

IL PRATIQUOIT l'abstinence trois jours de la semaine, sans parler de ceux où elle est dailleurs ordonnée ; que si une Fête solemnelle tomboit en quelqu'un de ces jours, à la vérité il ne pratiquoit pas l'abstinence, mais il la renvoyoit à un autre jour, & nourrissoit un pauvre au delà du nombre ordinaire en vûë de la solemnité. Il en usoit à peu prez de méme lors que la Vigile survenoit un Dimanche ; car dans ce cas il jûnoit le samedy précédent. Que si quelqu'nn trouve ce changement peu convenable à un si saint Homme, qu'il sçache que *tout est pur*
Tit. 1. 15. *à ceux qui sont purs* ; c'est à dire, qui usent des alimens par nécessité, & non par sensualité ou par délicatesse,

puiſqu'en effet c'eſt là ce que le Juge intérieur conſidére, ainſi que nous le voyons par les différens exemples d'Elie & d'Eſaü. Il n'y avoit donc rien d'indecent à un homme du monde, dailleurs ſi réglé, ſi ſage, d'uſer de viandes permiſes aux perſonnes de ſon état, & qui peuvent ne l'être pas à d'autres par les engagemens de leur profeſſion. Car le fruit qui donna la mort à nôtre premier Pére dans le Paradis terreſtre, n'étoit pas mauvais de luy-même, mais ſeulement par la défenſe que Dieu avoit faite d'en manger.

XX. *Sa modeſtie dans ſes vêtemens, & dans ſon train.*

Du RESTE il étoit toujours vêtu d'étoffe de laine ou de lin; non pas à la maniére de ces nouveaux enfans de Bélial, qu'on peut appeller ſans joug, & ſans diſcipline, mais ſelon la ſimplicité des anciens; & dans ce juſte milieu également éloigné d'une vaine pompe & d'une groſſiére ruſticité. Quant aux habits de ſoye, ou un peu plus précieux que les autres, que la bienſéance de ſa condition l'obligeoit quelquefois de porter, Il n'en rehaussoit jamais l'éclat dans les grandes solemnitez de l'Eglise, ni par la considération de quelque Seigneur que ce pût être. Il auroit porté vingt années de suite le baudrier où son épée étoit attachée, s'il avoit autant duré. Que diray-je de ses équipages & de tous ses vains ornemens dont les grands Seigneurs tâchent de relever leurs trains ? L'or n'y étoit point employé; aussi n'étoit-ce pas dans le vain éclat de ce métail, ni dans la multitude de ses richesses, mais en Dieu seul qu'il mettoit sa gloire. Grande leçon, sur tout, pour les personnes consacrées à Dieu, qui mettent toute leur étude à orner leur corps, au lieu de s'attacher à la beauté de l'ame, & qui ne pouvant s'attirer du respect par la régularité de leur conduite, croyent faussement y parvenir par ces marques extérieures de grandeur.

XXI. *Comment il soutenoit*

LES PAUVRES, & tous ceux qui souffroient quelque oppression, trouvoient

trouvoient auprez de luy un accez ſûr & facile, ſans qu'il fut néceſſaire d'employer les préſens. Plus il les voyoit dans la néceſſité, plus il ſe ſentoit porté à les ſoulager. Sa compaſſion s'étendoit non ſeulement ſur ſes voiſins, mais même ſur les perſonnes éloignées, que la réputation de ſa charité luy attiroit de toutes parts. Il entroit avec plaiſir dans les affaires des Pauvres, par luy-même, ou par des perſonnes ſages auſquelles il en commettoit le ſoin; & il terminoit ainſi leur différens. Quand il voyoit le feu de la diviſion en quelque endroit, il faiſoit dire des Meſſes le jour que ſe devoient décider les procez, pour demander à Dieu la concorde, & ſecourir ainſi ſpirituellement ceux qu'il ne pouvoit aider d'une autre maniére, Il ne ſouffroit pas qu'un Seigneur dépouïllât ſon Vaſſal pour quelque légére offenſe; mais ſe faiſant rendre compte des choſes, il prioit ou menaçoit ſelon l'exigence des cas, & calmoit ainſi

les foibles, & terminoit les différens des Pauvres.

toutes les petites querelles. Il n'y avoit qu'une chose où la rigueur de sa justice se laissoit fléchir ; c'étoit lors qu'un homme de basse extraction se trouvoit coupable de quelque faute considérable à l'égard d'une personne de qualité ; car il appuyoit de sorte la cause du pauvre, qu'il trouvoit moyen de satisfaire l'homme de condition, étant alteré de la justice qu'il rendoit également & aux siens, & aux étrangers.

XXII. *Son attention à punir les crimes.*

CET AMOUR de la Justice étoit si bien ordonné, que la bonté de son cœur, & la compassion qu'il avoit pour les miserables, n'affoiblissoit point la vigueur de son zéle ; & cette vigueur ne luy faisoit jamais oublier ce qu'il devoit à l'humanité. Il imitoit Job, cet homme simple & droit, comme parle l'Ecriture ; & quoyqu'il fût extrémement tendre sur les miséres des Pauvres, cependant il n'avoit garde de laisser leurs crimes impunis, sçachant que cet un ordre de la Justice Divine, que les mêchans expient par un ſupplice temporel des crimes dont l'impunité peut en attirer d'autres, & ſe ſouvenant que David à la mort avoit ordonné qu'on fit périr Joab & Séméi.

DES VOLEURS s'étant cantonnez dans une foreſt d'où ils couroient ſur les paſſans & ſur les voiſins, pillant & tuant par tout, GE'RAUD en étant averti mit des Soldats en campagne pour les enlever. Un Payſan s'étoit jetté parmi eux, pour éviter leur furie, & ſans aucun mauvais deſſein. Cependant les Soldats de GE'RAUD ayant pris tous ces Voleurs, & craignant ou que leur Maître ne leur pardonnât, ou que peut-etre il ne les blamât de les avoir amenez devant luy ſans les punir, leur arrachérent à tous les yeux, & par conſéquent à ce pauvre Païſan, qui ſe retira enſuite du côté de Toulouſe. Mais longtems aprez GE'RAUD apprenant que cet homme n'étoit point de la troupe de ces Voleurs fut extrémement affligé, le fit chercher par tout ; & ayant découvert qu'il étoit du côté de Toulouse luy envoya cent écus, avec ordre au porteur de luy demander pardon en son nom.

XXIII. *Comment il tempéroit quelquefois la sévérité de sa justice par la clémence.*

L'EXEMPLE que nous allons rapporter montrera avec quelle affection il consoloit les affligez, & soulageoit les miserables. Quelques personnes avoient un différent avec un Prêtre leur voisin ; & les choses s'animerent de sorte qu'enfin ils luy crevérent les yeux. GERAUD tâcha de le consoler le mieux qu'il pût en l'exhortant à la patience ; mais afin que ses paroles ne fussent pas tout-à-fait sans fruit, il luy donna par un acte authantique les revenus d'une Eglise qui luy appartenoit. Quelque tems aprez l'un de ceux qui avoit maltraité ce Prêtre fut pris par les Officiers de la Justice, & mis en prison ; ce que l'on ne manqua pas de rapporter à ce Prince, dans la pensée que cela dût être pour luy le sujet d'une grande joye. En effet, comme s'il eut été animé du desir de la vengeance, il courut & vola vers la prison ; mais parce qu'il y avoit d'autres affaires importantes qu'on devoit terminer le lendemain, il voulut qu'on attendit à juger le criminel, qu'elles fussent finies. Les Officiers de la Justice s'étant retirez le soir, il commanda secretement au Concierge de laisser évader le criminel, aprez luy avoir fait prendre de la nourriture, & donner même des souliers dont il avoit besoin. Le lendemain tous les Juges s'étant assemblez autour de luy, il commanda qu'on luy amenât le criminel : mais le Concierge qui faisoit semblant de n'oser paroître, envoya tout tremblant quelques-uns de ses amis, pour dire au Comte qu'il s'étoit évadé. GE'RAUD alors dissimulant sa pieuse tromperie menaça dabord le Concierge ; mais s'adoucissant ensuite : „ Je ne le blâme pas, dit-il, car j'ap„ prens que ce bon Prêtre a déja „ pardonné à ce criminel.

UN JOUR deux Prisonniers accusez d'un grand crime luy furent présentez ; & leurs accusateurs demandoient instamment qu'il les fit punir du dernier supplice. Il ne découvrit pas dabord sa pensée, ne voulant pas leur faire grâce à la vûë de tout le monde ; car il se mesuroit de telle sorte dans ses œuvres de charité qu'on n'y pouvoit trouver d'excez, mais s'adressant à ces accusateurs : „ S'ils doivent mourir, „ leur dit-il, il est juste qu'on leur fasse prendre auparavãt quelque nourriture, cõme la coutume le demande ; & leur en faisant apporter, il les fit délier, afin qu'il pûssent plus librement prendre ce dernier repas. Aprez quoy leur donnant son couteau : „ Allez vous-même, leur dit-il, „ couper l'osier avec lequel on vous „ doit étrangler. Il y avoit prez de là une forest où ces sortes d'osiers se trouvoient en abondance. Ces miserables y étant entrez, & faisant semblant de chercher ce funeste instrument de leur ſupplice, s'enfoncerent ſi avant dans la foreſt qu'on ne les vit plus, & par là ſe garantirent de la mort qui leur étoit préparée. Ceux qui étoient préſens pénétrant le deſſein du Comte, n'oſérent les aller chercher. C'étoit au reſte ſa conduite dans ces ſortes de rencontres, qu'à l'égard de ceux qui s'étoient comme dévoüez au crime, il les puniſſoit, ou en les condamnant à des groſſes amendes s'ils ne méritoient pas un plus rude châtiment, ou en les faiſant flétrir d'un fer chaud. Mais il étoit fort indulgent à l'égard de ceux qui n'étoient pas dans l'habitude du crime, & qui péchoient plutôt par foibleſſe que par malice. On n'a même jamais oüi dire, qu'il ait été préſent au ſupplice ou à la mutilation de perſonne.

XXIV. *Sa compaſſion pour les miſerables.*

D'UN GRAND NOMBRE de ſaintes actions qu'il a faites, nous n'en rapportons ici que trés peu, dont nous ſommes bien informez, & qui ſuffiſent pour faire connoître ſa piété.

Nous en rapportons même de fort petites, mais qui ne laissent pas de montrer sa haute vertu. Un jour, par exemple, comme il vit une femme qui labouroit, il luy demanda pourquoy elle s'appliquoit ainsi à un travail, qui ne convenoit pas à son sexe, qu'aux hommes : elle luy répondit, que son mari étoit malade ; que le tems des semailles alloit passer, & qu'elle n'avoit personne pour luy aider. Le Comte touché de compassion, luy fit donner autant d'écus, qu'il luy falloit de jours pour ensemencer sa terre, luy ordonnant d'avoir un laboureur pour cela, & de s'abstenir de vaquer à un travail qui n'appartenoit qu'à des hommes. *La nature*, dit saint Ambroise, *n'aime pas ce qui se fait contre ses loix ; & son auteur qui est Dieu, ne veut pas qu'on trouble l'ordre.* Cette action paroit petite ; mais elle est grande en effet si l'on considére l'esprit, avec lequel GÉRAUD l'a faite ; c'est à dire, cet amour de l'ordre & de la bienſéance, qui veut que chacun demeure dans les bornes de ſon état.

Une autre fois ſe trouvant en chemin, il y vit un vieux Païſan qui fauchoit des pois, & des Enfans qui les luy enlevoient. Il pouſſa ſon cheval vers cet homme; & luy ayant demandé ſi ces Enfans luy avoient pris ces pois, non, Monſieur, luy dit-il, je les leur ay donné gratuitement: „ Cela eſt bien, „ dit le Comte; que Dieu vous en „ récompenſe,

XXV. *Son exactitude à garder les plus petites regles de la Juſtice.*

Il arriva un autre jour, que ſes Officiers, luy ayant préparé à manger ſous un ceriſier, dont le fruit étoit déja mûr, ils en coupérent quelques branches, avant qu'il fût arrivé. Le Païſan à qui l'arbre appartenoit, s'en étant plaint, le Comte le dedomagea ſur le champ: quelqu'un dira peut-etre, que de pareils traits de ſa vie ne méritoient pas d'être rapportez; mais pour nous, qui en jugeons autrément, nous croyons que ces actions, quoyque petites en apparence, sont trés propres à montrer la delicatesse de la conscience de nôtre Saint; & qu'un homme si attentif à garder les régles de la justice dans de petites occasions, ne pouvoit manquer de les observer dans de plus grandes. Ne voyons-nous pas dans l'Evangile, que le Sauveur du Monde a loüé la charitable disposition de cette Veuve, qui ne mit que deux deniers dans le tronc du Temple?

Luc. 21. 2.

XXVI. *Sa bonté envers ses Vassaux.*

MAIS à l'égard de ses Vassaux il étoit si bienfaisant & si doux, qu'on en étoit quelquefois surpris. Cette bonté qui paroissoit excessive, donnoit souvent lieu à plusieurs de le blâmer, comme si c'eût été par timidité, ou par foiblesse, qu'il eut souffert que des petites gens l'offensassent; & il ne s'en fâchoit point, quoyqu'il soit assez ordinaire aux Grands de le faire. Ayant trouvé sur son chemin quelques-uns de ses Païsans, qui abandonnoient leurs habitations pour se retirer dans une autte Province ; & leur ayant demandé où ils alloient avec leurs meubles, ils luy répondirent qu'ils ſortoient de ſes Terres, parce qu'il les avoit maltraitez, quoyqu'il ne leur eût fait que du bien. Les Gardes de ce Prince tâchérent de luy perſuader de faire châtier ces inſolens, & de les renvoyer enſuite chez eux ; mais il ne voulut pas, ſçachant *qu'ils avoient* les uns & les autres *un Maître dans le Ciel*. Il avoit coutume au contraire, ſelon le précepte da l'Apôtre, *de ne pas traiter ſes inferieurs avec dureté, & avec ménaces*. Il leur permit donc de s'en aller où ils voudroient, & leur donna même la liberté du commerce. Au reſte, il faut que je marque ici la fauſſeté de ce que je n'ay pû, ſans dépit, entendre dire à un certain homme, que GE'RAUD ne diſpenſoit jamais ſes débiteurs de luy donner caution ; cela eſt trés faux : comme le témoignent ceux qui ont ſouvent vû, que non ſeulement il les en diſpenſoit, mais qu'il leur re-

Epheſ. 6. 8. & 9.

mettoit encore le principal.

XXVII. *Comment il recevoit leurs petits présens, & ce qu'il en faisoit.*

Il arrivoit quelque-fois, que ses Vassaux, ou même ses Ecclesiastiques, qui l'aimoient aussi tendrement que s'il eût été leur Pére, luy faisoient des petits présens de pain de cire. Il les recevoit comme des choses fort considérables, & les en remercioit avec une extréme affection. Il ne se servoit point de cette cire pour son propre usage, mais il la faisoit brûler devant l'Autel, ou devant les Reliques des Saints qu'il faisoit quelque-fois porter dans ses voyages. Que s'il arrivoit que la cire destinée pour son service manquât quelque-fois, ses Valets de Chambre employoient l'écorce de bouleau ou des torches faites avec du sapin qu'ils portoient devant luy, & dont ils se servoient dans leurs fonctions. Si donc GE'RAUD étoit si délicat, & si retenu à ne pas employer pour des usages particuliers les présens qu'on luy faisoit volontairement, comment pourroit-on comprendre qu'il eût exigé à la rigueur le droit dont nous venons de parler. Nous ſçavons au contraire qu'il s'eſt ſouvent relâché de ceux qui luy étoient légitimement dûs, & que bien loin d'uſer de ſévérité, ou de menaces envers ſes Domeſtiques contre le précepte de ſaint Paul, il diſſimuloit quelque-fois leur mauvaiſe adminiſtration, & *ſouffroit*, comme dit le même Apôtre, *l'enlévement de ſes biens ſans ſe plaindre.* Heb. 10. 34.

XXVIII. *Avec quelle humanité il traite un Voleur.*

C'EST CE QUI paroîtra encore mieux par cet exemple : Un Voleur ſe gliſſa la nuict dans la Tente de ce Prince lorſqu'il voyageoit ; & comme il étoit éveillé, & que ſelon ſa coutume, il avoit une bougie allumée auprez de ſon lit, car il s'entretenoit avec Jeſus-Chriſt par la priére & par la méditation dans ce tems là comme dans un autre, il apperçût le Voleur, qui parcourât tout d'un œil avide, cherchoit à enlever quelque choſe. Cet homme jetta les yeux ſur un carreau couvert d'une étoffe de ſoye ; & comme il étendoit la main pour le prendre : Qui es tu, dit le Comte ? A cette voix le Voleur ſaiſi de frayeur ne ſçavoit quel parti prendre : „ Achéve donc ce „ que tu as commencé, continua „ GE'RAUD, & ſors d'ici adroite- „ ment de peur qu'on ne te décou- „ vre. Ce Voleur ſe retira donc avec l'oreiller. Quel autre que ce Prince en eût uſé de la ſorte ? Certainement cela me paroit plus digne d'être admiré, que s'il avoit traité ce malheureux comme il le méritoit.

XXIX. *Son attention à ne trõper perſonne juſques dans les moindres choſes.* 1. Theſſ. 4. 6.

IL E'TOIT de même trés circonſpect à ne tromper perſonne, ſelon le précepte de l'Apôtre, comme on le va voir dans une choſe qui luy arriva à ſon retour de Rome auprez de Padoüe, où il campa ſous des Tentes. Des Vénitiens ayant appris qu'il paſſoit ſur leurs terres s'empreſſerent pour le voir ; car la grandeur de ſa Naiſſance, ſa piété, ſa charité l'avoient rendu célébre dans toutes ces Contrées. Quelques Marchands, vinrent encore à cet eſpéce de camp, & courant ça & là pour tâcher de débiter leurs marchandiſes, les plus apparens d'entr'eux furent à la Tente du Prince, & demanderent à ſes Officiers, ſi LE SEIGNEUR COMTE, comme tout le monde l'appelloit, ne vouloit pas acheter quelque Manteau, ou quelques Parfums. GE'RAUD les fit approcher, & leur dit qu'il s'étoit pourvû à Rome de ce qui luy étoit néceſſaire, mais qu'il vouloit qu'ils luy diſſent librement s'il n'avoit point acheté trop cher ; il fit apporter les Manteaux qu'il avoit achetez, parmi leſquels il y en avoit un d'un grand prix. Un Vénitien demanda ce qu'il avoit coûté ; & l'ayant ſçû, il dit au Comte, que ce Manteau auroit valu beaucoup plus à Conſtantinople. Le Prince à ces paroles eût peur d'avoir fait une grande faute ; & voyant là quelques perſonnes de Rome de ſa connoiſſance, il leur mit en main autant d'argent que le

Vénitien avoit dit que le Manteau pouvoit valoir au delà de ce qu'il avoit été acheté Il les pria même de remettre cet argent au Marchand qui le luy avoit vendu, & leur enseigna sa demeure. Il arrive rarement que ceux qui paroissent les plus touchez de sentimens de pénitence, & qui veulent le plus sincérement changer de vie, ayent une délicatesse de conscience pareille à celle de nôtre Saint, & qu'ils croyent manquer en des semblables occasions. Mais GE'RAUD pénétré de la grandeur de Dieu, & de la bassesse de l'homme ne trouvoit aucun péché leger; l'amour dont il brûloit pour Dieu, faisoit qu'il craignoit de l'offenser jusques dans les plus petites choses.

XXX. *Sa regularité a payer les dîmes, & sa modération au milieu des richesses.*

NOUS AVONS déja observé qu'outre la dîme de ses biens qu'il payoit exactement, il faisoit mettre à part la neuviéme partie du reste pour l'employer aux différentes nécessitez des Pauvres, instruit que la

justice

justice chrêtienne, comme nous l'avons dit, surpasse celle des Phariſiens. Ses revenus étoient conſidérables, mais il les laiſſa tels qu'il les avoit reçûs de ſes Ayeux, n'ayant fait en toute ſa vie qu'une ſeule acquiſition d'un petit champ, qui étoit enfermé dans un de ſes Domaines, en quoy il fût imité par ceux qui prenoient ſoin de ſes Terres ; car ils ne penſérent jamais, non plus que luy, à augmenter leur bien. Ce n'eſt pas là comme en uſent ordinairement les riches du monde, qui oubliant la terrible menace d'un Prophéte, *brûlent de l'inſatiable deſir de joindre une maiſon à une autre maiſon, un champ à un autre champ, une vigne à une autre vigne, malheur à ceux là*, dit le Prophete. Iſ. 5. 8.

GE'RAUD content des biens qu'il tenoit de ſes Péres, n'employoit ni la violence ni la calomnie pour les augmenter. Auſſi le Seigneur veilloit-il luy-même à leur conſervation, & le défendoit-il de l'avide main de ceux qui les vouloient usurper. Il possédoit de si grands biens en diverses Provinces qu'on le pouvoit regarder comme véritablement riche ; mais ni la multitude de ses Terres, ni ses grands revenus, n'enflérent jamais son cœur. *Il ne vouloit d'autre bien sur la terre, que le Seigneur*, comme parle le Roy Prophéte. Aussi Dieu le combloit-il de ses biens, les luy donnant *comme par surcroît*, parce qu'il ne *cherchoit que son Royaume & sa Justice*. En effet, il étoit devenu si puissant, & si à couvert de ses ennemis par la protection de Dieu, que cette parole de Job luy convenoit : *Vous luy avez servi de forteresse, & ce qu'il possédoit sur la terre s'est augmenté.*

Ps. 72. 25.
Mat. 6. 33.
Job 1. 10.

XXXI. *Comment il sçavoit adoucir les personnes, qui etoient en colere.*

RAPPORTONS encore cet exemple, pour montrer à quel point il observoit le précepte de l'Apôtre de *vaincre le mal par le bien.* Etant arrivé peu de tems aprez au Port de Plaisance, il y vint un Ecclesiastique qui en prenoit soin, qui demandant une trop grosse ſomme pour le paſſage de ceux qui accompagnoient ce Prince, ſe mit ſi fort en colére contr'eux, qu'il leur dit des injures, ſans épargner même l'Evéque de Rodez & d'autres Seigneurs. Le ſaint Homme qui ſe tenoit éloigné, craignant quelque deſordre, s'avança vers eux, & les pria de ne rien répondre. Puis s'adreſſant à l'Eccleſiaſtique il tâcha de l'appaiſer, & luy fit même quelques préſens. Comme cet emporté vit avec quelle facilité GE'RAUD avoit empêché l'Evêque & tous les autres de répondre, & qu'il étoit luy-méme radouci, luy demanda qui il étoit. Le Saint luy répondit avec ſimplicité, qu'il étoit de la Province d'Aquitaine, & peu conſiderable dans le monde. Mais l'Eccleſiaſtique frappé de ſon air majeſtueux & de la douceur de ſes paroles revint de ſon emportement; & ne ſe contentant pas de relâcher ſon droit de paſſage de tous ceux qui étoint de la compagnie de GE'RAUD, il remplit même de vin leurs flâcons & leurs outres. C'étoit un des talens que ce Prince avoit reçûs du Seigneur, de gagner les cœurs de tout le monde, tant par les charmes de sa personne, que par les grâces de son discours; ensorte qu'il étoit également cher aux Grands & aux petits, & que les Princes & les Roys mêmes avoient pour luy une vénération singuliére.

XXXII. *Divers traits particuliers de sa bonté.*

ET CE N'ETOIT PAS sans raison, que tout le monde l'aimoit, car il aimoit tout le monde. Rapportons par exemple de quelle maniére il traita comme ami, un de ceux qui avoient quitté ses terres il y avoit quelque tems, comme nous l'avons déja dit. Cet homme qu'il trouva dans le même chemin, passoit pour fort riche & fort puissant dans l'esprit de ceux avec qui il demeuroit. Les Officiers de GERAUD l'ayant reconnu, le luy amenerent tout tremblant & hors de luy-même. Le Saint luy demanda sur quel pié il étoit dans le Païs: le malheureux fugitif luy ayant répondu qu'il y étoit dans une situation trés honorable : Je ne vous y nuirai pas, luy répartit le Saint ; & il défendit sur le champ à tous ses Officiers de dire à personne de quel païs, ni de quelle extraction étoit cet homme. Il luy fit ensuite quelques présens à la vûë de tout le monde ; & le traita avec distinction soit dans l'entretien, soit dans le repas. Peu de personnes seroient capables d'un pareil trait de bonté. Il n'appartient qu'à GE'RAUD, qui bien loin d'être esclave de l'avarice, n'avoit que la miséricorde dans le cœur, de porter jusqu'à ce point la générosité chrêtienne.

DANS LE ME'ME TEMS, il arriva qu'un homme du côté de Bourges s'étoit rompu la cuisse auprez de Rome, il n'avoit avec luy que sa femme, & se trouvoit abandonné de tous ses Compatriotes. Mais Boniface, qui étoit un Officier de GE'RAUD, ayant rencontré cet homme par hazard, & sçachant la nécefſité où il ſe trouvoit, l'amena au Comte. „ Voicy, luy dit-il, que „ j'ay trouvé un ſujet qui vous plaira „ ra fort. C'eſt un homme qui man- „ que de tout ſecours. Le Saint ravi de cette heureuſe rencontre, le prit avec luy, & le ramena juſqu'à Brioude, & luy donna dix écus pour s'en retourner dans ſa maiſon. Tous ces exemples édifians nous montrent combien le Seigneur l'avoit enrichi du don de miſéricorde ſur les miſéres du prochain.

XXXIII. *Sa fidelité au Roy.*

CEPENDANT comme nous ſommes inſtruits par les divines Ecritures, que l'yvroye croît parmi le bon grain : qu'elle le couvre, & l'étouffe même quelque-fois ; & que la malignité de Caïn a exercé la patience du juſte Abel, il étoit à propos que ce Prince eut part à cette marque de l'élection de Dieu, & qu'à l'exemple de Job il trouvât dans ſes voiſins *la fureur des dragons, & la voracité des autrûches.* Il fût ſouvent inſulté par les plus puiſſans Sei-

Job 30.29.

gneurs de sa Province, les affaires de l'Etat étant alors extrémement brouillées. Les grands Seigneurs portoient leur insolence jusqu'à s'approprier les Vassaux du Roy. On étoit assez instruit du bonheur qui accompagnoit GE'RAUD à la guerre, & combien il étoit redoutable à ses ennemis. En effet, on avoit vû souvent retomber sur eux-mêmes le mal qu'ils vouloient luy faire, selon cette parole de l'Ecriture : *Celuy qui creuse une fosse à son prochain y tombera luy-même,*

GUILLAUME DUC D'AQUITAINE étoit bon & recommandable par bien des endroits ; mais devenu fort puissant, il voulut obliger le Comte, non par des menaces mais par des priéres à quitter le parti du Roy pour prendre le sien. Le Comte refusa constamment de le faire, & luy recommanda seulement Raynaud son Neveu ; & un grand nombre de gens de guerre qui le suivoient. Le Duc n'eut aucun chagrin contre luy d'une conduite si généreuse, ne pouvant oublier, que le Duc Bernard son pére l'avoit recommandé dans sa jeunesse à GE'RAUD qu'il aimoit fort; ce qui l'obligeoit d'avoir pour ce saint Comte une vénération & une tendresse particuliere. En effet, il l'invitoit à le venir voir, lorsqu'il s'en présentoit quelque occasion; & il étoit si charmé de la douceur de son entretien, qu'il l'obligeoit comme par force, à demeurer quelque tems auprez de luy, & ne s'en séparoit jamais qu'avec beaucoup de peine,

XXXIV. *Comment il s'acquit le surnom de BON.*

IL ARRIVA un jour que le même Duc étant entré en armes dans un endroit, y demeura assez longtems avec nôtre Saint; en sorte que toutes les provisions que GE'RAUD avoient apportées vinrent à manquer peu à peu. Cependant les Troupes du Duc, qui ravagerent le païs, firent un fort grand butin; ce qui remplit de terreur tous ces Peuples, & leur fit prendre la fuite aprez avoir abandonné leurs biens. Mais comme les gens du Comte ne trouvoient personne qui pût leur fournir des vivres en payant, il fût réduit à une grande disére ; car il ne voulut pas souffrir que l'on prit rien de ce butin pour n'avoir aucune part au péché des autres. Il ne laissa pas néanmoins d'accompagner toujours le Duc, quoyqu'il se vit exposé tous les jours aux railleries de ceux qui étoient dans l'abondance, tandis qu'il manquoit presque de tout. Il s'en trouvoit néanmoins de plus sensez que les autres, qui gémissant intérieurement de ne pouvoir imiter une conduite si sage & si desintéressée, faisoient hautement son éloge. Et ce fût principalement depuis ce tems-là qu'on luy donna le surnom de *BON*.

XXXV. *Son grand amour pour la chasteté.*

IL S'ETOIT ACQUIS une si haute estime dans l'esprit du Duc Guillaume, que ce Prince eut le dessein de luy faire épouser sa Sœur, poussé à cela par Ermengarde sa Mére, qui étoit charmée de la piété du Comte. Mais le Sauveur de nos ames, qui avoit choisi une Mére Vierge, avoit imprimé dans son cœur un si grand amour pour la chasteté dez ses plus tendres années, qu'une alliance si illustre ne fût pas capable de le tenter. * Il avoit tant d'amour pour cette vertu angelique, qu'il étoit percé de douleur lorsqu'il luy arrivoit dans la nuit quelque songe contraire à la pureté. S'il se trouvoit quelque-fois surpris dans le sommeil par cet involontaire effect de la foiblesse humaine, son Valet de Chambre luy apportoit dans un lieu particulier d'autres habits pour changer, avec une cuve & de l'eau pour se baigner, & se retiroit en fermant la porte, parce que le Comte ne vouloit pas qu'on le vit nud. C'est ainsi que ce saint Homme jaloux de la pureté de son corps, avoit tant d'horreur pour tout ce qui étoit capable de la ternir, qu'il tâchoit d'en effacer les tâches même involontaires, non seulement

* *Ademare de Chabanes dãs sa Chronique dit que, comme on le pressoit de se marier pour avoir des heritiers, il répondit :* Il vaut mieux mourir sans enfans, que d'en laisser des mauvais.

avec de l'eau, mais encore avec ses larmes. Cette conduite pourra d'abord paroître ridicule, mais ce ne sera qu'à ceux dont l'esprit est rempli de sales idées, & qui négligent de se purifier lors même qu'ils tombent dans les plus grandes impuretez. GE'RAUD au contraire, sçavoit qu'il est écrit : *Apportez tous les soins possibles à la garde de vôtre cœur*. Et que *celuy qui méprise les petites choses tombera peu à peu*. Que l'on juge par là de quelle estime est digne un homme, qui a sçû joindre à l'abondance de toutes choses un si grand amour pour la chasteté. Y a-t'il rien de plus excellent ? puisque selon la parole de saint Martin, *rien n'égale la virginité*.

Prov. 4. 23.

Eccli. 19. 1.

Sulp. Sev. in Vit. S. Martin.

XXXVI. *La protection que le Ciel donne à ses armes.*

LE COMTE ADE'MARE faisoit cependant tous ses efforts pour obliger GE'RAUD à se soumettre à son autorité, mais inutilement, n'ayant pas même voulu reconnoître celle du DUC Guillaume encore plus grand Seigneur ; imitant ainsi Mardochée contre ce nouvel Aman. Comme GE-

RAUD vivoit en paix avec ce Duc, il sembloit qu'il n'avoit rien à craindre. Néanmoins, parce que la persécution ne manque jamais à ceux qui sont fidéles à Jesus-Christ, le démon suscita contre luy le Comte Adémare, qui luy fit une rude guerre, quoyque à sa confusion. Ce Comte ayant appris que nôtre Saint étoit campé dans une grande prérie avec peu de gens durant la nuit, charmé de trouver une occasion si favorable, s'avança avec une troupe d'élite pour le surprendre. Cependant GE'RAUD dormoit tranquillement avec ses gens dans le même lieu. Mais celuy qui protége l'innocent, & qui *prend soin d'Israël* veilloit à sa défense ; car, comme il est dit dans Jérémie, que *le Seigneur cache le Juste*, Dieu étendit sur GE'RAUD, & sur sa troupe, comme un nüage épais, qui le déroba à la vûë de ceux qui le cherchoient, & qui parcoururent de tous côtez cette prérie sans le pouvoir découvrir. Ainsi l'impie Adémare vo-

Ps. 120. 4.

yant ſon entrepriſe devenüe inutile, ſe retira plein de confuſion ; tandis que *le Juſte*, comme il eſt écrit, *joignit à la pureté de ſes mains une nouvelle force par les loüanges qu'il rendit au Seigneur.* Job 17. 9.

EN ME'ME TEMS une partie des gens d'Adémare s'emparérent du Château d'Aurillac. GE'RAUD l'ayant appris ſe mit à la tête de quelques Soldats, que le hazard avoit aſſemblé autour de luy, & s'avança pour les en chaſſer. Adémare de ſon côté, ſe mit en campagne pour ſoutenir les ſiens. Mais voulant reconnoître la troupe de GE'RAUD avant que de paroître à ſa vûë, il détacha quelques Coureurs, qui crûrent, comme c'étoit la nuit, que des pointes de collines toutes blanches étoient autant de Tentes ; & là deſſus ſaiſis de frayeur ils tournerent bride, & rapporterent au Comte Adémare ce qu'ils croyoient avoir vû. GE'RAUD en fût dabord informé par une Dame chez qui ces eſpions avoient paſſé,

Mais Adémare abbatu par le doigt de Dieu, s'en retourna avec son armée. Ceux qui s'étoient saisis du Château, sçachant qu'ils ne devoient point attendre de secours, se soumirent à la clemence de GE'RAUD, & le prierent de leur permettre de se retirer avec honneur ; ce qu'il leur accorda, malgré la juste indignation de ses soldats, qui vouloient du moins qu'on les desarmât. Il fit plus, il posta deux de ses gens, pour empécher qu'on ne leur prit rien de leur bagage, triomphant ainsi glorieusement de ses ennemis sans répandre de sang. Jesus-Christ releva la gloire de son Serviteur par l'endroit même qu'on l'avoit voulu flêtrir.

TOUT CELA n'empécha pas que Godefroy Comte de Turene ayant ramassé quelques troupes, ne s'avançât pour inquieter GE'RAUD, & pour ravager ses Terres Mais Dieu permit qu'il se fit luy-même une si profonde blessure avec son épée qu'il luy fût impossible de continüer son chemin ; de ſorte, que reconnoiſſant la main de Dieu ſur luy, il ceſſa de fatiguer le Comte GE'RAUD. *Fuyons Iſraël*, pouvoit-il dire, avec les ennemis du Peuple de Dieu, *car le Seigneur combat pour luy contre nous.* Ex. 14. 27.

LE FRE'RE DU COMTE ADE'MARE plus hardi ou plus téméraire, ne laiſſa pas de ſe ſaiſir par adreſſe du Château, qui eſt ſitué ſur le haut de la Montagne, au pié de laquelle eſt le Monaſtére. Mais enſuite intimidé par toutes ces marques de la protection de Dieu ſur GE'RAUD, il en ſortit au plus vîte aprez l'avoir pillé. Il ne pût réſiſter néanmoins aux juſtes plaintes que luy firent ceux qu'il avoit dépouillez : il leur rendit ce qu'il leur avoit enlevé, & vint demander pardon au ſaint Comte ; car la réputation de ſa ſainteté étoit ſi répanduë dans le monde, & l'on avoit pour luy tant de reſpect, qu'on ſe tenoit comme aſſûré que tout le mal qu'on entreprendroit de luy faire tourneroit au deſavantage de ceux qui feroient, comme s'ils avoient commis un facrilége.

XXXVII. *Sa facilité à pardonner les offenses qu'on luy avoit faites.*

Toutes ces différentes attaques, & plufieurs autres par lefquelles les enfans de ténébres cherchoient à perfecuter cet enfant de lumiére n'empéchoient pas nôtre Saint de prendre en main la défenfe des Pauvres. Il pardonnoit fi généreufement à ceux qui l'avoient offenfé, qu'on eut dit qu'il avoit plus d'ardeur peur les recevoir en grâce, qu'ils n'en avoient eux-mêmes pour la demander. Il préféroit toujours les intérets des Pauvres aux fiens, comme un charitable Médecin, qui tout bleffé qu'il foit luy-même, femble oublier fon mal pour prendre foin de celuy des autres.

Il avoit pris une telle fupériorité fur fes ennemis, que le mal qu'ils luy vouloient faire, tournoit toujours contre eux mêmes, comme on l'a pû voir par tout ce que nous venons de dire, & qu'il paroîtra encore mieux par cet exemple. Adélelme

lelme Frére du Comte Adémare, non content de l'injure qu'il avoit fait au Saint, en entrant les armes à la main dans ses Terres, & peu touché du pardon qu'il avoit reçû de la générosité toute chrêtienne du saint Comte, ne laissoit pas de chercher encore toutes les occasions de luy faire de la peine. Ayant donc ramassé quelques scélérats, il tenta d'enlever cette Place, pendant que GERAUD étoit à la Messe. Mais ceux qui faisoient garde au dehors, l'ayant apperçû fermérent les portes. Il s'éleva à l'instant un grand bruit parmi les Chevaliers, qui entendoient la Messe avec le Saint, & qui vouloient sortir l'épée à la main pour chasser ses téméraires. Mais le Comte voulut qu'on achevât la sainte action qu'on avoit commencée ; & cependant l'impie Adélelme tournant le long du Château avec ses gens, se contenta d'enlever sept chevaux. Aprez quoy voyant l'inutilité de sa course, il se retira tout confus. On dit que GÉRAUD arrêta ses Soldats sur la porte du Château, & se contenta d'invoquer le Seigneur en chantant des Pseaumes. Mais la punition de Dieu se fit sentir peu de jours aprez sur le téméraire Adélelme d'une maniére si terrible qu'elle paroîtroit incroyable si l'on ne l'avoit appris de personnes dignes de foy ; car il perdit dans peu de tems prez de soixante de ses chevaux; & luy-même mourut quatorze jours aprez d'un terrible genre de mort. C'est ce que le Moine Adelbert, qui a accoutumé de prêcher souvent la parole de Dieu dans le Limousin, a attesté. Il étoit alors préposé à la garde du trésor de l'Eglise saint Martial de Turéne, où il s'étoit retiré pour se mettre à couvert des violences de cette Nation perfide. Au reste ces pillards, voyant ce qui venoit d'arriver à Adélelme, renvoyérent les sept chevaux à nôtre saint Comte.

XXXVIII. *Avec quelle modéra-*

IL SE VIT contraint quelque-fois malgré luy, de faire sentir à plusie eurs les effets de sa puissance, & de réprimer l'audace des méchans par la force de ses armes, comme il arriva à l'égard d'un scélérat nõmé Arlaud. Celuy-ci s'étoit cantonné dans une petite Ville appellée saint Séré, d'où se répandant dans les lieux voisins, il faisoit des irruptions sur les Terres de GE'RAUD. Le Comte ne laissoit pas malgré toutes ses violences d'en user civilement avec luy, *parlant de paix avec ceux qui haïssoient la paix*, suivant l'expréssion du Prophéte; jusques même à luy envoyer des présens, comme des armes & d'autres choses, pour tâcher d'adoucir la férocité de ses mœurs. Mais cet homme extravagant & brutal, attribuant à lâcheté & à bassesse de cœur, ce qui étoit un effet de la piété & de la charité de nôtre saint Comte, se jetta avec plus de fureur qu'auparavant sur ses Officiers, jusqu'à ce que GE'RAUD considérant que l'unique moyen de ranger à la raison un homme si déraisonnable étoit d'armer

tion il usoit de la victoire.

Ps. 119. 7.

puiſſamment contre luy, ramaſſa ſes Troupes, & s'alla préſenter devant ſon Château, d'où il l'arracha de force avec un ſuccez incroyable, ſans qu'il en coûtât la vie à perſonne.

LE MISE'RABLE ayant été amené devant luy, tout couvert de honte, GE'RAUD au lieu de le punir, le traita avec toute la douceur poſſible; & comme il ſe tenoit dans une poſture, qui marquoit aſſez ſa confuſion, & qu'il prioit le Comte de luy pardonner. „ Vous avez aſſez éprouvé, luy „ dit GE'RAUD, que vous n'étes „ pas en état de vous meſurer avec „ moy. Prenez donc garde à vous- „ même à l'avenir; & qu'il ne vous „ arrive plus de faire les actions d'u- „ ne bête féroce plutôt que d'un „ homme raiſonnable, comme vous „ avez fait juſqu'ici, de peur qu'il „ ne vous arrive pis. Je veux bien „ vous renvoyer ſans exiger de vous „ aucun ſerment, ni même des ôta- „ ges. Et quoyque je fuſſe en droit „ de me dédommager de tous les vols

„ que vous avez faits sur mes Terres, „ j'auray soin néanmoins d'empêcher „ qu'on n'emporte rien de chez vous. C'est ainsi qu'il le renvoya; & cette sage conduite eût tant de force sur l'esprit de ce scélérat, qu'on n'entendit plus dire qu'il s'avisât d'insulter de nouveau au saint Comte.

XXXIX. *Avec quelle foy & quelle humilité il recevoit les épreuves que Dieu luy envoyoit.*

C'EST AINSI que ses ennemis cessoient de l'être, touchez de quelque mouvement extraordinaire du Ciel. Car quoyque de même que Job, il eut pour voisins des hommes qu'on pouvoit regarder comme des Dragons & des Autrûches, cependant les bêtes les plus féroces ne laissoient pas de quitter, pour ainsi dire, leur férocité naturelle en sa faveur: ses Domaines étoient en grand nomre & presque contigus, en sorte que depuis la haute Montagne de Gréon il pouvoit aisément aller & revenir chez luy sans sortir de ses Terres, & néanmoins il n'avoit besoin d'en mettre aucune sous la protection de quelque puissant Seigneur pour la défendre. Il n'y eut qu'un petit fonds appellé Taladiciac éloigné des autres, & scitué dans un païs habité par de fort mêchantes gens, dont ses Officiers trouvérent à propos de confier la défense & la garde à un nommé Bernard, & toute-fois contre le sentiment de GE'RAUD; car il souffroit avec quelque sorte de joye le tort qu'on luy faisoit: *C'est un grand bonheur pour moy*, disoit-il, *de comprendre que ce n'est pas dans l'homme qu'on doit mettre sa confiance, mais en Dieu.* Il étoit à propos de rapporter cecy pour faire voir, que dans les épreuves où il plaisoit à Dieu de le mettre quelque-fois, il ne se laissoit point abbatre à la tristesse, mais qu'il rentroit en luy-même, & s'humilioit sous la main de Dieu. Il paroit par une conduite si chrêtienne, que cet homme Juste vivoit de la Foy, & qu'il étoit pénétré de cette pensée que c'est la volonté de Dieu, qui régle toutes choses, & que rien n'arrive en ce monde, que selon les dispositions de sa Providence.

XL. *Sa sainteté rend croyables les merveilles de sa vie.*

VOYLA quelques traits de sa vie, & de sa maniére ordinaire d'agir; par où l'on voit que c'étoit un HOMME juste, qui selon le précepte de l'Apôtre, se conduisoit en toutes choses *avec tempérance, avec piété, avec justice.* Et l'on ne doit pas étre surpris si le Seigneur répandit si abondamment ses miséricordes sur un homme qui étoit animé d'un zéle si ardent pour son service, Que ceux-là donc qui ont tant de peine à croire ce que la renommée publie encore aujourd'huy des vertus de ce saint Comte examinent mûrement toute la conduite de sa vie. Car s'il a trouvé dans l'élévation de son rang des grands obstacles à surmonter pour devenir saint, cette difficulté n'a servi qu'à rendre sa vertu plus grande & plus admirable, puisqu'il a sçû conserver le précieux trésor de l'humilité dans l'éclat même des grandeurs & dans l'abondance des biens du monde. *Toute puissance ne vient-elle*

Tit. 2. 12.

Rom. 13. 1.

pas de Dieu? Et l'Ecriture ne nous assûre-t'elle pas qu'*il ne rejetera pas les*
Job 36. 5. *puissans, parce qu'il est puissant luy-même.* Encore donc que GERAUD ait été grand dans le siécle, il ne doit pas paroître incroyable, que Dieu l'ait rendu plus grand dans le Ciel, puisqu'il ne l'a élevé sur la terre, que pour en faire un sévére observateur de sa Loy.

NE VOYONS-NOUS PAS dans l'Ecriture des Roys justes & néanmoins belliqueux comme David, Ezechias, Josias, & de nos jours Ozualde Roy des Anglois, que Dieu a pris plaisir d'exalter par des prodiges éclatans, parce qu'ils avoient travaillé toute leur vie à sa gloire & à son culte. Enfin nous voyons que dans tous les siécles la divine Bonté suscite des Hommes éminens en sainteté pour réveiller dans l'esprit des Chrêtiens l'amour de sa Loy, & faire respecter sa Religion presque oubliée & foulée aux piez; ce qui a fait dire à l'Apôtre que *Dieu ne laisse aucun tems ſans y faire éclater quelques marques de ſa puiſſance.* Elles éclatent même quelque-fois pour les hommes ingrats envers Dieu, comme nous voyons que du tems de Moyſe, le Seigneur fit paroître des prodiges étonnans en faveur de ceux dont il eſt écrit qu'*il y en eut peu d'un ſi grand nombre, qui luy fuſſent agréables.* Combien des choſes nous poroîtroient incroyables, ſi elles ne nous étoient rapportées par des ſaints Perſonnages, auſquels il y auroit de la témérité de ne pas ajouter foy. Saint Jérome ne parle-il pas d'un fameux Voleur, qui s'étant parfaitement converti à Jeſus-Chriſt parvint dans la ſuite à une ſi grande ſainteté, que ſa priére arrêta le Soleil pour luy donner le tems d'achever ſon voyage, & le fit même entrer dans les Cellules de ſes Diſciples les portes fermées. Si donc le Seigneur, qui a opéré tant de merveilles en faveur de nos Péres, a daigné en faire encore de nos jours par un homme, qui comme Noé fût trou-

1. Cor. 10. 5.

vé Juſte devant ſes yeux, afin de ſe ſervir de luy pour remettre en hõneur ſa Religion preſque effacée de l'eſprit & du cœur des hommes, qu'y trouvera-t'on d'incroyable ? Ne doit-on pas plutôt en rendre des loüanges immortelles à Dieu, qui ſe ſouvenant de ſes promeſſes, fait éclater ſa puiſſance dans tous les tems, & ne ceſſe de faire du bien à ſon Peuple.

NOUS VOICY par l'aſſiſtance du ſaint Nom de Dieu à la fin du premier Livre de la Vie du Comte GE'RAUD ; nous allons maintenant parler dans le ſecond, de ce qu'il fit aprez qu'il ſe fût conſacré entiérement au ſervice de Dieu.

PRÉFACE
DE SAINT ODON,
Sur le second Livre de la Vie de Saint GE'RAUD.

CEUX QUI refusent témérairement aux pieuses actions du Comte GE'RAUD la créance qu'elles méritent peuvent facilement reconnoître sa sainteté en considérant toute la suite de sa Vie. Ils s'érigent à eux-mêmes un

Tribunal, pour examiner s'il est, ou s'il n'est pas dans la Gloire ; mais ce jugement n'appartient qu'à Dieu, qui pour l'utilité des bons, se sert quelque-fois des méchans, afin d'opérer ses merveilles. Du reste, pour faire cesser leurs doutes, ils n'ont qu'à considérer les Miracles trés certains que Dieu a fait éclater non seulement pendant la vie de nôtre Saint, mais encore aprez sa mort.

IL Y EN A D'AUTRES, qui cherchant à se flater sur la facilité de se sauver, tirent de vains sujets de confiance de ce que GE'RAUD a été en même tems puissant dans le monde & grand dans le Ciel. Mais qu'ils se détrompent ; car s'ils ne sont comme luy pauvres d'esprit, & s'ils ne reglent leur puissance par les maximes de la Religion ils se trouveront bien loing de compte, & seront même convaincus par l'exemple de ce grand Homme, qu'ils auroient pû comme luy vivre saintement dans une condition élevée mais qu'ils ne l'ont pas voulu.

IL Y A ENCORE des amateurs de la bonne chere, je parle de certains Religieux, qui cherchant des excuses à leurs péchez, veulent autoriser leur vie sensuelle, parce que GÉRAUD, qui usoit des alimens dont on use dans le monde, n'a pas laissé d'être Saint. Mais leur état de Religieux les empêche de s'appuyer de cet exemple. En effet, il y a bien des choses interdites aux Moines, qui ne le sont pas aux personnes du monde. Adam fût repris non de ce qu'il avoit dans son Jardin un fruit mauvais, mais de ce qu'il en usa contre la défense qui luy en avoit été faite. Il étoit donc permis à GÉRAUD d'user des viandes qui ne sont pas défenduës aux Séculiers, d'autant plus qu'il n'avoit garde de se servir de celles qui leur étoient interdites, & qu'il mangeoit en la compagnie des Pauvres de ce qu'il luy étoit permis de manger. Il sçavoit que Dieu a créé le vin pour en user sobrement:

qu'Elie ce Prophéte si saint fût nourri de viande, & qu'il ne laissa pas d'être élevé dans le Ciel : qu'au contraire Esaü qui ne mangea que des lentilles, & qui céda son droit d'aînesse pour un mets si grossier, fût néanmoins puni, parce qu'il l'avoit fait par le motif de cette malheureuse sensualité à laquelle tant de gens se laissent entraîner. C'est donc à tort que dans cette différence d'état & de profession ces Religieux veulent que ce qui luy étoit permis le leur soit de même.

IL Y EN A ENFIN, qui prétendent le rabaisser en ce qu'il n'a été, disent-ils, ni Martir ni Confesseur. Mais il faut qu'ils sçachent qu'on le peut regarder comme l'un & l'autre; & que ces qualitez conviennent de même à tous ceux, qui ont comme luy ou porté leur croix en résistant à l'attrait des vices, ou glorifié Dieu par la pratique des vertus ; car *ils confessent Dieu par leurs œuvres*, comme dit saint Jean : *Nous sçavons*,

dit cet Apôtre, *que nous le connoissons si nous gardons ses Commandemens*, 1. Joan. 2. 3.
au lieu qu'on n'en voit que trop, qui *confessant Dieu de bouche le desavoüent par leurs actions*, suivant l'expression Tit. 1. 16.
de saint Paul. Comme on appelle donc Confesseur celuy qui confesse le Nom de Dieu, & que c'est par les œuvres qu'on le confesse ou qu'on le desavoüe, GE'RAUD peut porter ce nom avec dautant-plus de justice, que toute sa vie n'a été qu'une preuve continuelle de son attachement à la Loy de Dieu.

POUR LES MIRACLES que quelques-uns demandent à l'imitation des Juïfs dont parle l'Evangile, que diront-ils de saint Jean-Baptiste, que nous ne lisons pas qui en ait jamais fait aucun; car bien que les miracles n'ayent pas manqué dans la Vie de nôtre Saint, nous n'avons qu'une chose à dire, ce que n'ayant point mis sa confiance dans les trésors & dans les biens de ce monde sa vie a été un miracle continuel.

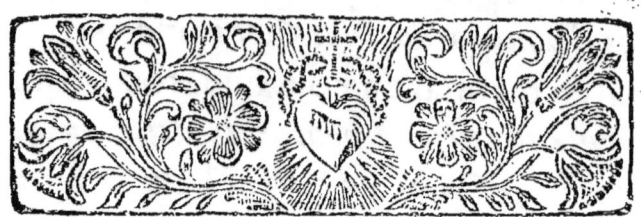

LA VIE DE S. GÉRAUD COMTE D'AURILLAC.

LIVRE SECOND.

I. *Comment S. Géraud faisoit tous les jours de nouveaux progrez dãs la vertu.*

NOTRE SAINT ATHLETE combattoit ainsi généreusement dans la périlleuse carriére du monde pour détruire le vice ; & conservant toujours l'amour de la Loy de Dieu dans son cœur, il étoit

étoit comme *une lampe ardente & luisante au milieu d'une nation perverse.* Phil. 2. 15.
Mais parce qu'il falloit qu'*il fût éprouvé par la tempête dans le secret*, comme parle David, l'esprit de ténébres mettoit tout en usage ou par luy-même ou par ses suppôts pour obscurcir une si grande lumiére; mais c'étoit en vain. Car de même que la flamme s'éléve avec d'autant plus d'impétuosité qu'elle se trouve plus agitée par le souffle des vents; ainsi l'ardent amour dont le cœur de GE'RAUD brûloit pour Jesus-Christ depuis ses plus tendres années prenoit chaque jour de nouvelles forces par ces violentes agitations. A mesure qu'il avançoit en âge, il devenoit de plus en plus le maître de ses passions; & sa force se surpassant tous les jours elle-même, donnoit sans cesse un nouvel accroissement à ses vertus. *Il faisoit dans son cœur comme des degrez pour s'élever* vers le Ciel; & déja, comme parle le Prophéte, il étoit su-

Ps. 80. 8.

Ps. 83. 6.

Ps. 58. 14. périeur *à tout ce qu'il y a de plus haut sur la terre.* En le voyant croître en sainteté vous auriez crû voir l'aurore faire un progrez, qui produisoit la clarté d'un grand jour de fête : vous auriez crû voir le lys qui croît & s'éléve au milieu des épines. Plus il approchoit de sa maturité, plus on voyoit les fleurs de ses vertus s'épanouir & s'étendre de tous côtez.

ELEVE' AU DESSUS de toutes les choses de la terre, il n'avoit d'yeux & d'affection que pour celles du Ciel. Rempli d'une lumiére intérieure, que produisoit en luy cette ardeur céleste, il discernoit aisément les épaisses ténébres dont la concupiscence remplit le monde; car ne puis-je pas donner le nom de ténébres à cet esprit terrestre, qui aveugle de sorte les hommes du siécle qu'ils courent de tout leur cœur aprez les vanitez du monde. Enfin, instruit dans la science, qui apprend à séparer les choses viles des précieuses, il jugeoit qu'il étoit entiérement indigne d'une ame appellée au souper de l'Agneau Céleste de se rabaisser à la nourrirure des hommes terrestres. Il étoit sur tout affligé de la conduite de ceux qui deviennent les ennemis de Dieu, parce qu'ils luy préférent l'amitié du monde; pour luy depuis qu'il eut goûté *combien le Seigneur est doux*, il dédaigna toujours les fausses douceurs du siécle. Il regrettoit amérement ceux qui, comme dit Job, *courent avec ardeur pour ronger la racine du geniévre*, c'est à dire, pour goûter le fruit amer & mortel des faux plaisirs du siécle. Il méprisoit cette puissance humaine dont il étoit environné. Mais comme il avoit une prudence vrayment chrétienne, il tâchoit de tourner toutes choses au bien de son ame, & de faire un tel usage des biens passagers de ce monde qu'ils pûssent luy étre utiles pour l'Eternité. Job 30. 4.

II. *De quelle maniére il fit profes-*

C'EST POURQUOY il fit venir auprez de luy Gausbert trés digne & trés vénérable Evêque de Rodez, *sion de la Vie Religieuse sans quiter l'habit du monde.*

avec d'autres saints Personnages, & leur ouvrit familierement son cœur sur les pieux desseins qu'il avoit dans l'esprit. Nôtre saint Comte aimoit tendrement cet Evêque ; & il en étoit aimé de même. Cet amour réciproque étoit l'effet du desir, qui leur étoit commun, de devenir Saint. Il luy découvrit donc le fond de son cœur sur le dégout du monde, sur le dessein de se consacrer à Dieu dans la Religion, & sur la pensée d'aller à Rome pour y faire un don de tous ses biens à saint Pierre, le Prince des Apôtres. Ils examinérent tout cela mûrement ; mais enfin le saint Evêque envisageant les choses d'une vûë plus élevée fût d'avis qu'il demeurât dans le monde pour le bien de ses Sujets, & qu'il gardât l'habit séculier, mais seulement en apparence & à l'extérieur, & que du reste il pouvoit, s'il en avoit le mouvement & la dévotion, consacrer ses biens au Prince des Apôtres.

GERAUD deféra à cet avis pour ne pas témoigner de l'attache à son propre sens, & pour pratiquer en cela la vertu d'obéïssance. Il n'oublia pas néanmoins cette parole de l'Apôtre, qu'*un Israëlite qui sert Dieu dans le secret de son cœur* le fait plus utilement que *celuy qui n'est Israëlite qu'à l'exterieur.* C'est pourquoy il fit de sorte profession Religieuse, que Dieu seul en fût le témoin. Il se fit donc raser la barbe, même la partie supérieure de la tête en forme de couronne. Mais afin que la profession qu'il faisoit de la vie Religieuse ne fût point cõnuë, il obligea par serment ceux d'entre ses Valets de Chambre, à qui il ne le pouvoit cacher, de ne le dire jamais à personne. En quoy il semble avoir eu deux mérites, & s'être rendu digne de deux récompenses. Car d'un côté embrasé du feu de l'amour divin, il s'est consacré à Dieu avec le renoncement au monde le plus parfait que l'on trouve dans la Vie

Rom. 2. 28. & 29.

Monaſtique, & de l'autre rempli de l'amour dn prochain il s'eſt fait la violence de demeurer dans le monde contre ſon inclination, & ſous un habit qu'il n'aimoit pas, dans la ſeule vûë de procurer l'avantage de ſes Sujets. Pouvoit-il choiſir un genre de vie plus agréable à Dieu que de ſe partager ainſi entre la douceur d'une vie intérieure toute cachée en Dieu & l'exercice d'une parfaite charité envers ſes Fréres? Vie dautant-plus ſainte quelle eſt plus utile aux autres, & moins expoſée à la tentation de l'orgueil. Ainſi Dieu conduiſant ſes pas, ne le priva point des chaſtes embraſſemens de Rachel, quoyqu'il luy eut dabord donné Lia pour ſon partage.

III. *Comment il cachoit ſa Tonſure de Religieux, de la ſimplicité dans ſes habits, & de ſon amour pour*

LE MOYEN de cacher ſa Tonſure ne luy manqua pas. Car l'incommodité d'une longue barbe luy ſervit de prétexte pour ſe la faire couper; & d'ailleurs étant chauve du devant de la tête, ce fût encore un prétexte pour cacher la couronne, & pour porter toujours une espéce de bonnet, auquel on donnoit alors le nôm de Tiare. Sur l'habit de Religieux il en mettoit un autre dont les Ecclesiastiques usoient aussi bien que les Laïques. Il n'eut jamais cependant deux habits de dessus en même tems; mais lors qu'il étoit obligé d'en prendre un neuf il faisoit donner aux pauvres celuy qu'il quittoit. On portoit devant luy son épée dans les voyages, mais il ne la touchoit jamais. *la pauvreté.*

IL Y AVOIT déja longtems qu'il avoit fait faire une Croix de l'or dont son baudrier étoit enrichi. Il s'étoit encore fait une loy de ne monter jamais sur un cheval superbement harnaché. Toutes ces choses nous montrent assez combien il aimoit la pauvreté & la mediocrité, & à quel point il méprisoit cette haute élevation où l'avoit mis sa naissance.

IV. *Il va à Rome, donne*

APREZ s'être ainsi entierement consacré au service de Dieu, il par-

AURILLAC pour fonder un Monastére, établit une Redevance annuelle & fait bâtir une Eglise à l'honneur de S. Pierre en 894.

tit pour Rome, dans le dessein de donner tous ses biens à Jesus-Christ. En effet, il fit un Testament revêtu de toutes les solemnitez nécessaires, par lequel il donna à saint Pierre Prince des Apôtres AURILLAC grande & belle Terre avec ses Dépendances, qui étoient si considérables qu'il y avoit dequoy fournir à tous les besoins d'un grand nombre de Moines qu'il y vouloit rassembler. Il brûloit d'un saint desir d'établir dans ce lieu un Monastére où des Religieux vêcussent en commun sous le conduite d'un Abbé. Il fonda aussi une Redevance, qui devoit étre payée annuellement au Tombeau de saint Pierre. Toutes choses étant ainsi disposées, il se mit en chemin avec ce zéle & cette ferveur admirable, qui luy en avoit fait prendre la résolution ; & il accomplit par le secours & la faveur du Ciel tout ce que sa pieté s'étoit proposée.

IL NE FÛT PAS sitôt de retour, qu'il appella des Ouvriers de tous côtez, & qu'il fit travailler aux fondemens d'une Eglise à l'honneur de saint Pierre. Mais Satan ennemi de tout bien trompa, je ne sçay par quels artifices, la prévoyance des Architectes. Car les Ouvriers n'ayant peut-etre pas jetté les fondemens assez profonds, l'édifice qui étoit déja fort élevé & fort magnifique tomba tout d'un coup. Ce saint Comte ne perdit pas courage pour cela, *Le Juste*, dit l'Ecriture, *n'étant ébranlé d'aucun malheur*. Il se persuada au contraire, que quoyque l'ouvrage en dût étre retardé, il ne perdroit pas la récompense de celuy-là même, qui venoit d'étre ruiné; & il comprit que cette perte n'étoit pas arrivée sans un ordre particulier de la Providence. En effet, il n'y a presque point de sainte entreprise où l'on n'éprouve, que plus elle est agréable à Dieu, plus on y trouve de difficultez. Nous voyons même dans la nature que les choses qui parviennent trop tôt à la maturité ne durent gué-

Prov. 12. 21.

re, & que les autres au contraire ont plus de ſolidité & de conſiſtence.

Le Carême étant arrivé, & la saiſon ſe trouvant propre pour bâtir, GE'RAUD aprez avoir rempli ſes exercices de piété, dés le matin ſortir un jour de la Ville, * qui domine ſur ce même endroit. De là il ſe mit à conſidérer de tous côtez le lieu le plus propre à placer ſon Egliſe. Enfin aprez avoir tout examiné, il trouva qu'il n'y en avoit point de plus commode, que celuy qu'on avoit déja choiſi par une diſpoſition toute particuliere de la Providence. Il rappella donc ſes Ouvriers, leur fit recommencer l'ouvrage, les preſſa, les anima, & ordonna que l'Egliſe fût grande & voutée. C'étoit en ce même endroit que ſon Pére avoit fait bâtir autrefois une Egliſe à l'honneur de ſaint Clément. Car comme nous l'avons remarqué, ſon Pére étoit un Seigneur fort pieux, & ſorti luy-méme d'une race pieuſe.

* *La Ville étoit en ce tems-là ſur la colline où le Château qu'on voit aujourd'huy eſt reſté.*

V.
Il établit des Moines à Aurillac, & les voit tomber dãs le relâchement.

EN FAISANT continuer l'Eglise, il avoit toujours dans l'esprit d'y mettre des Moines bien disciplinez & ausquels il pût confier sûrement la conduite de ce nouveau Monastére. Mais comme il n'étoit pas facile d'en trouver de cette sorte, il ne sçavoit à quoy se déterminer. Dans cette anxiété, il envoya quelques jeunes Gentils-hommes au Monastére de Vabres où la discipline reguliére étoit alors en vigueur, afin qu'ils pûssent de bonne heure s'y former à la Vie Religieuse. Nous en avons un encore en vie, qui nous a raconté ce qu'il a vû pratiquer à saint GE'RAUD dans cette occasion, & qui en a même dressé des Mémoires. Ces jeunes gens ayant été rappellez négligérent bientôt la sévérité de la discipline, parce qu'ils n'avoient point de Maîtres capables de les entretenir dans les bons principes qu'ils avoient pris à Vabres, & que leur âge les portoit à une vie molle. Ainsi le Comte se trouva trompé dans son attente. Il ne laissa pas néanmoins, contraint par la necessité, d'en mettre un d'entr'eux à la tête pour gouverner les autres. Mais comme il se conduisoit mal, & que le Saint ne pouvoit le ramener à son devoir, ni en trouver facilement un autre qu'il pût mettre à sa place, il étoit sensiblement affligé. Les voyant donc & le Supérieur & les autres tournez de la sorte à une vie licentieuse, il jettoit de profonds soûpirs en disant avec David : *Dissipez, Seigneur, les mauvais desseins d'Achitophel.*

2. Reg. 15. 34.

VI. *Combien il étoit affligé de la corruption du siécle.*

ON L'ENTENDOIT quelquefois se plaindre amérement de la corruption du siécle, gémissant de voir les hommes si déréglez, la piété si peu en crédit, l'iniquité répanduë par tout, l'innocence bannie du cœur des hommes, & la vérité ne sortir plus de leur bouche. Il n'avoit garde de prendre part à leurs querelles ; mais il prioit le Dieu tout-puissant d'étouffer toutes les divisions,

& avoit recours au Sacrifice de la Messe qu'il faisoit célébrer à cette intention. Il avoit souvent dans la bouche ces paroles d'Ezechias : *Seigneur, je ne desire que de voir regner dans le monde la paix & la verité.* Et ces autres de David : *O que l'on trouve peu d'ames saintes ! ô que les veritez du salut sont mises en oubli par les enfans des hommes !*

4. Reg 20. 19.

Ps. 11. 2.

VII. *Quelle estime il faisoit des Ss. Religieux.*

Il espéroit de contenter son ardeur pour les choses du Ciel, & son mépris pour celles de la terre s'il pouvoit trouver le moyen de s'associer quelques personnes qui eussent les mêmes sentimens que luy. Son esprit étoit occupé nuit & jour de cette pensée ; & il ne pouvoit ôter de son cœur le desir de rassembler dans son Monastére de saints Religieux. C'étoit le sujet ordinaire de ses entretiens avec ses Domestiques & ses plus familiers amis. Il avoit un si grand desir d'accomplir cette bonne œuvre, qu'on l'entendoit quelque-fois s'écrier : ,, Oh s'il m'étoit possible de

„ trouver des Moines qui eussent „ l'esprit de leur état, à condition „ de leur donner tout ce que je pos-„ sede & de mandier ensuite mon „ pain, je n'hesiterois pas un mo-„ ment à prendre ce parti. Quelques-uns de ses amis l'entendant parler de la sorte, luy disoient, qu'il luy seroit aisé de trouver dans la Province des Moines dont il pourroit remplir sa nouvelle Maison. Mais il leur disoit cette excellente parole; „ *Un Moine parfait peut étre comparé à* „ *un Ange. S'il n'est pas tel, c'est un* „ *homme du siecle, un apostat, sembla-* „ *ble à ces mauvais Anges, qui*, com-„ me dit l'Apôtre, *n'ont pas sçû conser-* „ *ver leur demeure. Car je suis persua-* „ *dé*, ajoutoit-il, *qu'un bon Laïque* „ *vaut incomparablement mieux qu'un* „ *méchant Moine*. Mais d'où vient donc, luy repliquoient ses amis, que vous avez accoûtumé de faire de si grands dons aux Moines, non seulement de ces Contrées, mais encore des plus éloignées. L'humble GE-

RAUD leur répondoit : „ Que ce qu'„ il faisoit n'étoit rien ; & que si c'é„ toit quelque chose, il étoit assuré „ que celuy qui a promis de ne lais„ ser pas sans récompense un verre „ d'eau froide donné en son Nom „ luy en tiendroit compte : que c'é„ toit à ces Moines à examiner de„ vant Dieu leur état : mais que „ pour luy il sçavoit que *celuy qui re-* „ *çoit le juste au nom du juste recevra* „ *la recompense dûë au juste*, comme parle le Fils de Dieu dans l'Evangile. Math. 10. 41.
Par tels & semblables traits, il est aisé de voir combien il étoit dégouté de la vie du siécle, avec quelle ardeur il soûpiroit aprez les Trésors du Ciel, & qu'il auroit donné volontiers tous ses biens, s'il avoit trouvé des personnes à qui il eût pû les confier selon les régles de la prudence chrêtienne. Mais nous sçavons que Dieu reçoit la volonté pour l'effet. Et l'Ecriture nous apprend, que *celuy qui haït son frere est homicide*. 1. Joan. 3. 15. S. Jean l'Evangeliste a bû le Calice de la Pas-

sion de son Maître, quoy qu'il soit mort paisiblement ; ce qui nous donne lieu de croire que GERAUD n'a pas été privé de la récompense que Dieu promet à ceux qui quittent toutes choses pour l'amour de luy.

VIII. *Son assiduité à l'Oraison & au chant des Pseaumes,*

C'ETOIT DONC contre son inclination qu'il demeuroit dans le siécle, & quoy qu'il luy manquât des personnes à qui il se pût joindre pour vivre dans la retraite, il ne laissoit pas de s'exercer d'une maniére admirable dans toutes les pratiques de la Vie Religieuse. Il étoit si appliqué à la lecture qu'on faisoit devant luy, & à l'Oraison à laquelle il vaquoit ou seul & à l'écart, ou avec d'autres, qu'on ne peut assez admirer qu'il ait pû y vaquer si assidument, & dōner néanmoins à la divine psalmodie tout le tems qu'il y employoit, ayant d'ailleurs tant d'autres occupations; car il trouvoit du tems pour tout. Il n'étoit pas toute-fois si attaché à ses pratiques de piété, que quand la necessité le requeroit il ne les quittat

pour

pour d'autres affaires qu'il ne pouvoit differer, aprez-quoy il retournoit avec une incroyable ardeur au chant des Pseaumes, & rentroit en luy-même tout occupé de Dieu.

IX. *Son respect dans l'Eglise : sa devotion dans les grandes solemnitez ; & son application à Dieu pendant les divins Offices.*

ON NE SÇAUROIT exprimer avec quel respect & quelle sainte frayeur il se tenoit dans l'Eglise. Vous auriez crû en le voyant qu'il contemploit quelque chose de divin, & qu'il imitoit la situation du Prophéte qui disoit, le visage frappé d'étonnement : *Le Seigneur vit ; & je marche en sa présence & sous ses yeux.* (4 Reg. 3. 14.) Rapportons-en un exemple. Un jour de la Fête de l'Ascension de Nôtre Seigneur il alla au Monastére de Solignac pour y célébrer les divins Offices d'une maniére convenable à la solemnité de la Fête, car il ne pouvoit souffrir qu'en un si grand Jour l'Office ne se fit pas avec la majesté & la dignité que l'excellence du Mystére demandoit ; comme aussi il ne pouvoit souffrir la précipitation du chant dans le Chœur, qui eſt cependant un defaut ordinaire à pluſieurs. Etant donc arrivé au Monaſtére, les Religieux luy préparerent, comme il convenoit à une perſonne de ce rang un ſiége & un Prie-Dieu couvert d'un riche tapis. Le ſaint Comte étant allé à cet endroit-là aprez qu'il eut viſité les Chapelles, on commença l'Office que l'on chanta, ſuivant la coutume, avec beaucoup de majeſté. Ce pieux Seigneur pendant tout ce tems-là parut ravi dans la contemplation. Non ſeulement il ne s'aſſit jamais ni ne s'appuya, mais on le vit au contraire toujours comme immobile, marquant par cette poſture ſon application à Dieu & ſa perſévérance dans la priére. Mais pour nous en eſt-il de même ? nous qui allant pour prier Dieu dans le ſecret, le loüons plûtôt par la pompe de nôtre chant, que par la ſimplicité & la pureté de nôtre cœur ; nous qui au lieu d'accorder l'eſprit avec la voix, faiſons courir la voix aprez la légéreté de nôtre eſprit. GE'RAUD au contraire pénétré de ces paroles de l'Apôtre: *Nous sommes à découvert aux yeux de Dieu*, se comportoit comme étant sous les yeux du souverain Juge, qui découvroit les plus secrets replis de son cœur. 2. Cor. 5. 11.

X.

Les malades guerissent avec l'eau dont il se lavoit les mains, & ses sentimens d'humilité dans ces occasions.

MAIS LA DIVINE BONTE' voulant faire éclater devant les hommes la sainteté de son Serviteur, qui par sa fidelité inviolable à la Loy de Dieu le glorifioit aux yeux des méchans, malgré les approches du regne de l'Antechrist où tous les miracles doivent cesser; le Seigneur, dis-je, se souvenant des promesses qu'il a faites *de glorifier ceux qui le glorifient*, voulut bien favoriser son Serviteur GE'RAUD du don de guerir les Malades; ainsi quoy qu'il refusât de leur imposer les mains, ou qu'il fût absent, & qu'il resistât même à ce qu'on luy demandoit, ils ne laissoient pas trés souvent d'être gueris. Ils enlevoient secretement de l'eau avec laquelle il s'étoit lavé les mains,

& la pluſpart guériſſoient par le moyen de cette eau. Nous allons citer quelques-uns des Malades qui ont été guéris de la ſorte, afin que perſõne ne puiſſe douter de la grâce dont il avoit plû à Dieu de le favoriſer.

UN PAYSAN, qui demeuroit auprez du Monaſtére de Solignac, avoit un fils aveugle : il gémiſſoit depuis longtems accablé d'un côté par le malheur d'avoir un fils privé de la vûë, & de l'autre par la pauvreté. Dans cet état il fût averti en ſonge d'aller vers le Comte GE'RAUD, de prendre de cette eau & d'en frotter les yeux de ſon fils. Il obeït, y alla & luy raconta ſa viſion. A ce diſcours le pieux Comte frémit & tomba dans la derniere conſternation, & bien loin d'avoir une telle penſée de luy-méme, il dit au Payſan, que ce qu'il croyoit avoir vû ou entendu n'étoit qu'un phantôme & une illuſion, & en même tems une choſe, ajouta-t'il, qui ne va qu'à me tenter en me portant à faire ce qui m'eſt défendu, il luy dit enfin qu'il se trompoit fort dans son esperance. Ce pauvre Pére, que l'état de son fils affligeoit vivement fût pénétré de douleur ; & comprenant bien que l'Homme de Dieu avoit trop d'humilité pour accorder ce qu'on luy demandoit, il fit sémblant de se retirer ; & cependant prit en secret de l'eau de la main de quelqu'un des Domestiques. De retour à sa maison, il en appliqua sur les yeux de son fils en invoquant le Nom du Seigneur ; & ce jeune garçon recouvra la vûë. Cette œuvre miraculeuse fût suivie d'une autre.

IL Y AVOIT à Aurillac un enfant boiteux qu'on avoit donné à un Forgeron pour luy apprendre à gagner sa vie. Cet enfant eût le même songe que le Paysan dont nous venons de parler ; & son Maître qui n'ignoroit pas qu'on s'adresseroit inutilement au Saint pour avoir de cette eau, tâcha d'en avoir secretement par le moyen de quelqu'un des

Domestiques. Il en lava les membres boiteux de cet enfant, qui par un effet de cette divine vertu marcha parfaitement. Le bruit de ce miracle s'étant répandu dans toute la Ville parvint aux oreilles de ce pieux Seigneur, qui surpris de la nouveauté de la chose l'attribua non à ses propres mérites mais à la foy de ceux qui avoient donné de cette eau. On n'eut garde de luy dire qui ils étoient ; & ne pouvant le sçavoir : il défendit étroitement & sous des grandes menaces de tenter à l'avenir une pareille chose, assurant que si c'étoit un esclave il le feroit mutiler, & que si c'étoit un homme libre il le chasseroit de sa Maison. Aussi ne craignoit-il rien tant que le vain honneur du monde, & quoy qu'il fut toujours prêt à faire du bien à ses ennemis, les flateurs & ceux qui luy donnoient des loüanges ne recevoient de luy que des marques de son mécontentement.

UNE FEMME AVEUGLE,

qui demeuroit dans une de ses plus considérables Terres recouvra encore la vûë en se lavant les yeux de la même eau. Cela fût connu de tout le monde, mais on le cacha avec grand soin à nôtre Saint, principalement parce que c'étoit un de ses Officiers, qui avoit donné l'eau à cette Femme; car on se souvenoit des menaces qu'il avoit faites; & l'on étoit bien instruit qu'on ne luy desobeïssoit pas impunément en des semblables occasions.

UNE AUTRE FEMME du nombre de ses esclaves, & qui demeuroit auprez d'une Chappelle joignant le village appellé Petite-croix, recouvra aussi la vûë en se servant de la même eau. Il le sçût; & ayant découvert celuy qui en avoit donné luy fit une sevére correction & le mit dehors; quelque-tems aprez un Gentilhomme nommé Ebbon, qui vint rendre visite au Comte, prit la liberté de luy dire, qu'il s'opposoit peut-etre à la volonté de Dieu, en négligeant, ſous prétexte d'une humilité indiſcréte, un don qu'il avoit reçû d'en-haut, & en privant les affligez d'un ſecours que Dieu leur offroit pour le ſoulagement de leurs miſéres : qu'il n'étoit pas convenable de rejetter une grâce que Dieu luy faiſoit pour le bien des autres, & de rebuter ceux qui étoient forcez par leur état déplorable à venir à luy : qu'il ne devoit ny craindre la vaine gloire puiſqu'il étoit ennemi des loüanges, ny de s'enfler d'orgueil puiſque ces affligez, qui cherchoient du ſoulagement s'autoriſoient par l'ordre que ſix perſonnes differentes avoient reçû de Dieu, d'avoir recours à ce remede ; ſur tout aprez les preuves qu'on avoit que les malades qui ſe ſervoient de cette eau guériſſoient parfaitement ſans qu'il en ſçût rien. Comme ce Gentilhomme continüoit de parler GE'RAUD jettant un profond ſoûpir, verſa des larmes, & ne répondit à ce diſcours, qu'en diſant qu'il craignoit que ce ne fût un artifice de l'esprit de mensonge, qui cherchoit à le séduire & à luy faire perdre tout le fruit du peu de bien qu'il pouvoit avoir fait. Néanmoins vaincu par les raisons & par les priéres de ce Gentilhomme, il rappella le Domestique qu'il avoit chassé, & fit donner douze écus à cette Femme. On verra encore cy-aprez d'autres Miracles faits avec l'eau dont il se lavoit les mains.

XI. *Comme il donnoit pendant le jour diférens tems à de saintes lectures.*

AU RESTE, comme il sçavoit que l'application de l'esprit à Dieu se conserve mieux en mêlant la lecture avec la Priére, il se faisoit lire aprez l'Oraison quelque chose des saintes Ecritures, ainsi que nous l'avons déja remarqué. De là il prit la pratique de faire lire pendant le repas, & ne s'en dispensoit pas même lors qu'il y avoit des étrangers. Il est vray que pour donner du relâche à l'esprit, il faisoit quelque-fois interrompre la lecture, & en demandoit l'explication à ceux qui étoient en état de la donner. Mais comme il arrivoit ſouvent que ceux auſquels il s'adreſſoit le prioient de vouloir bien luy-même parler le premier, il le faiſoit avec tant de netteté, de doctrine, de douceur, & de ménagement pour les Eccleſiaſtiques, qu'on étoit ravi de l'entendre. Chacun s'étant retiré aprez le repas pour vaquer aux fonctions de ſa charge, il ſe faiſoit lire quelque choſe de ce qu'on récitoit ce jour là dans l'Office de l'Egliſe. C'étoit un tems ſi précieux pour luy que perſonne n'oſoit l'interrompre ſans quelque ſujet important. Car comme il eſt dit de

Job 29.24. Job, *il s'étoit rendu reſpectable à ſes inférieurs, & ſes regards ne tomboient point à terre.*

XII. *Diverſes choſes à remarquer dans ſa conduite ordinaire.*

ON DIT ENCORE des choſes merveilleuſes de ſes diſcours ordinaires & de ſon entretien. Il étoit trés agréable dans ceux qui demandent de la gayeté, mais ſévére dans les corrections, de ſorte que ſes paroles étoient comme des traits perçans qu'on craignoit plus que les châtimens mêmes. Il ne donnoit qu'avec circonspection ; mais il ne retractoit jamais ses dons. Quelque sujet qu'il eut d'avoir mauvaise opinion d'un Prêtre, il ne laissoit pas d'entendre sa Messe, persuadé que ce divin Sacrifice ne participe en rien à la corruption de celuy qui l'offre. Quoyque dans le jugement qu'il faisoit des autres il fût ingénieux à relever le mérite de leurs actions, ou indulgent pour en excuser les défauts, il n'avoit cependant que du mépris pour les siennes ; en quoy ses vertus étoient dautant-plus agréables à celuy qui voit le fonds des cœurs, qu'il les estimoit moins luy-même.

XIII. *De quelle manière il se tenoit continuellement en la présence de Dieu.*

COMME IL E'TOIT tout rempli & tout pénétré des choses de Dieu ; sa bouche parloit si fort de l'abondance de son cœur, que la Loy de Dieu faisoit ses entretiens les plus ordinaires. Il avoit fait comme un recueil des paroles de l'Ecriture pour les appliquer à ses différens de-

voirs durant le cours de la journée. Le matin avant que de parler à per-
Ps. 140. 3. sonne il avoit accoutumé de dire ces paroles du Prophéte Roy : *Mettez, Seigneur, une garde à ma bouche, & une porte bien fermée à mes lévres*, & d'autres semblables qu'il proféroit selon les occasions, en s'éveillant, en se levant, lors qu'il prenoit ses habits, lors qu'il se mettoit en voyage, en sorte qu'on pouvoit dire de luy, qu'il pratiquoit à la lettre le précepte de l'Apôtre de *faire toutes*
Col. 3. 17. *ses actions au nom & pour la gloire de Dieu.* Il arrivoit quelque-fois que se trouvant avec un petit nombre de personnes, ou même seul, on le voyoit fortement appliqué sans rien dire, & ensuite les larmes aux yeux pousser des grands soûpirs ; ce qui faisoit assez comprendre que son esprit étoit appliqué à des pensées toutes célestes, & qu'il n'avoit que du dégoût pour les choses de la terre. Tel étoit son entretien ; tel étoit son silence. Sa bouche ne s'ouvroit que

pour publier les loüanges du Seigneur ; & son cœur tout occupé de la méditation se tenoit toujours en la présence de Dieu.

XIV. *Qu'il se regardoit sur la terre comme dãs un lieu d'exil.*

SES OFFICIERS n'ignoroient pas que son plus grand désir étoit d'embrasser la Vie Religieuse. Mais ce pieux Seigneur qui étoit trés sage considéroit, que comme il arrivoit quelque fois, que ceux qui embrassent un état si saint se laissent ensuite corrompre par l'amour des choses du siécle, & font des chûtes dautant plus dangereuses qu'ils s'étoient élevez plus haut, il aima mieux demeurer dans l'état où Dieu l'avoit mis, que d'entreprendre une vie si parfaite sans avoir des fidéles coopérateurs d'un si grand ouvrage. Ainsi donc, si l'on examine la disposition de son cœur, on le peut regarder comme un parfait Religieux sous l'habit séculier ; ce qui est un grand sujet d'éloge ; comme au contraire, c'est un sujet d'ignominie de chercher les délices du siécle sous un habit destiné à le mépriser.

Le Saint manquant donc de Sujets pour les assembler dans un même lieu & vivre avec eux dans la joye du saint Esprit sous la discipline religieuse, ne souffroit qu'avec beaucoup d'ennuy la longueur de son exil. Et comme autre-fois la Colombe sortit de l'Arche, n'ayant pû trouver où poser son pié y revint auprez de Noé ; ainsi le Saint ne trouvant rien dans la mer orageuse du siécle qui le pût satisfaire, rentroit dans le secret de son cœur pour se reposer saintement dans l'amour de Jesus-Christ. Il n'imita pas le Corbeau, que l'appas de la volupté entraîna hors de l'Arche, & qui ne se souvint plus de sa premiere demeure ; mais refusant de prendre part aux consolations & aux fausses joyes du monde, il n'en trouvoit de solide que dans le souvenir de son Dieu, & rentrant en luy-même, comme dans une Arche, il y goûtoit une joye toute intérieure.

XV. *Quel soin il avoit d'éviter les plus petits péchez.*

Il ne souffroit pas que le péché demeurât dans son cœur, frappé de cette crainte, qu'en cet état Dieu n'exauceroit pas ses priéres. Aussi s'examinoit-il continuellement luy-méme pour découvrir en luy ces péchez, que la fragilité humaine ne peut guére éviter en cette vie, & qui nous paroissent légers, mais qu'il trouvoit fort graves, & qui le faisoient par cette raison recourir à Dieu, pour obtenir de sa bonté *la remission*, disoit-il, *de l'impiété de son cœur.* Cet à cause de cette haine du péché, que Dieu son Roy & son Seigneur conduisoit ses pas par un effet de sa misericorde, le faisoit marcher en sa présence, & l'exauçoit dans ses priéres.

XVI. *Ses pratiques de piété dans ses voyages.*

Il avoit si fort a cœur d'étre logé prez de l'Eglise; & il se donnoit tant de soin pour cela quand il voyageoit, qu'il ne luy arriva pendant plusieurs années d'étre privé de cet avantage qu'une seule nuit veille des saints Innocens, où la circonſtance du voyage rendit cela impoſſible. Il ne voyageoit jamais ſans être accompagné de pluſieurs Eccleſiaſtiques avec leſquels il s'appliquoit à toutes les fonctions du ſaint Miniſtére, & ſans faire porter tout ce qui étoit néceſſaire pour les divins Offices, qu'on célébroit par ce moyen avec une révérence & un ſoin extraordinaire, principalement les jours de Fête. Il étoit toujours longtems avant les autres à la Chapelle pour l'Office de la nuit; & aprez que l'Office étoit fini il y demeuroit tout ſeul en priére. C'étoit alors qu'il goûtoit dautant-plus les ſaintes joyes de l'ame qu'il ſe recueilloit plus intimement ſous les yeux de ſon Dieu. D'autres-fois au ſortir de l'Office il alloit tout rempli d'une joye divine ou prendre quelque repos ſur ſon lict, ſi c'en étoit le tems, ou rejoindre ceux de ſa maiſon. Il s'étoit preſcrit de la ſorte une maniére de vie ſi chrêtienne que chacun admiroit l'abondance des graces du Ciel

Ciel dont il étoit favorisé. Du reste il étoit si constant & si réglé dans sa maniére de vie, que ses Officiers sçavoient dans chaque tems de l'année ce que le Saint devoit faire.

XVII. *Ses fréquens voyages au Tõbeau des Apôtres S. Pierre & S. Paul. Diverses particularitez qui s'y passerent.*

C'ETOIT une de ses dévotions accoutumées de faire le voyage de Rome pour visiter les Lieux saints. On dit qu'il le fit trés souvent. Ceux de qui nous nous sommes informez sont assurez qu'il y fût sept fois. Comme c'est le propre de l'homme de chercher toujours la lumiére, ce Saint dont les vûës étoient si spirituelles & si dégagées des sens, ne pouvoit se lasser de contempler en esprit ces deux grandes lumiéres de l'Eglise les Apôtres S. Pierre & S. Paul. Mais ne pouvant les voir des yeux du corps, il visitoit leurs Eglises & leurs Chasses, & il leur consacra tous ses biens. Il s'étoit fait une loy de visiter ces saints lieux de deux années l'une. Il y portoit dix piéces d'argent attachées au cou qu'il offroit avec des grands sentimens d'humilité, comme un Vassal porte à son Seigneur la Redevance à laquelle il s'est soumis. Mais qui pourroit exprimer avec quelle ferveur & quelle dévotion il s'acquittoit de ce pieux exercice ? Il étoit si charitable envers les Pauvres qui accouroient en foule autour de luy dans ces occasions, qu'il n'en laissoit retourner aucun sans luy faire largement l'aumône, persuadé qu'il seroit écouté de Dieu s'il écoutoit luy-même les Pauvres. Il donnoit abondamment à tous les Monastéres qu'il trouvoit sur son chemin. Le bruit de sa libéralité s'étoit répandu par tout, de sorte que les Moines, les Pélerins, les Pauvres, & les Hôtes chez qui il avoit logé s'empressoient à demander dans la saison propre au voyage de Rome, si le Comte GERAUD devoit venir & en quel tems ? Les Habitans des Alpes où il passoit en allant à Rome ou en revenant, comptoient ce tems-là comme celuy d'une abondante recolte, parce qu'-

ils luy portoient les balots de ses hardes par les passages des plus hautes Montagnes.

COMME IL PASSOIT un jour auprez de la Ville d'Ast dans un de ses voyages de Rome, un Voleur luy enleva deux chevaux de charge, & voulut leur faire passer un certain ruisseau ; mais il n'en pût jamais venir à bout. Les gens de la suite du Comte étant survenus le trouverent dans cet embarras & se saisirent de luy, mais le Saint ayant recouvré ses chevaux laissa aller le Voleur sans luy faire aucun mal.

UNE AUTRE-FOIS faisant ce même voyage, il prit en sa compagnie un Moine nommé Aribert, qui étoit un homme d'une grande abstinence: Car sa joye étoit d'avoir toujours avec luy quelque saint Religieux lors qu'il en pouvoit trouver. Il arriva donc un jour qu'Aribert, qui ne beuvoit que de l'eau n'eut pour son dîner que du pain sans autre chose. Le Comte s'informa soigneusement si on luy avoit apprêté sa nourriture ordinaire ? On luy répondit qu'on n'avoit que du pain à luy donner. Ce Prince en eut de la peine & poussant un soupir : Oh que nous est-il arrivé aujourd'huy, s'écria-t'il, nous avons pour nous abondamment tout ce qu'il nous faut, & ce Serviteur de Dieu n'aura pas même le nécessaire, quoyque ce ne soit pas pour luy un jour d'abstinence ; on alloit se mettre à table. Samuel qui nous a appris cecy comme témoin, présenta de l'eau pour laver les mains. Il venoit de voir un petit Poisson sauter sur le bord de la riviere : il alla le prendre & l'apportant ravi de joye : Voicy, Seigneur, dit-il, un Poisson que Dieu vous envoye, & luy raconta de quelle maniére il l'avoit trouvé. Il en faut remercier Dieu, dit le Comte; & comme on l'apprêtoit, il entra dans sa Tente, se mit à genoux, & pria quelque tems avec larmes. Car telle étoit sa coutume de quitter toutes choses pour remercier Nôtre-Seigneur dans les rencontres où il luy paroissoit que Dieu luy faisoit quelque grâce extraordinaire. Sa Priére étant finie il vint tout joyeux rejoindre ses gens. On se mit à Table. Aribert mangea de ce Poisson autant qu'il luy étoit nécessaire ; & comme il en restoit, le Saint le pressa d'en manger encore : Pourquoy, mon Frére, luy dit-il, faites-vous difficulté d'achever un petit Poisson n'ayant autre chose à manger ? Mais le Religieux ayant témoigné qu'il n'en vouloit pas davantage, GÉRAUD en voulut goûter, & le trouva merveilleux. Il en mangea suffisamment, & en donna à tous ceux qui étoient avec luy, comme d'un mets que la Bonté de Dieu luy avoit envoyé. Chacun rendit grâces à Dieu, reconnoissant le présent du Ciel, soit dans la rencontre du Poisson, soit en ce qu'il y en avoit eu de reste quoy qu'il ne fût que d'un demy pié de long.

DANS UN AUTRE VOYAGE de Rome étant arrivé à une Ville de Toscane appellée Luques, une Femme se vint jetter à ses piez, & l'assura qu'il luy avoit été révélé qu'en s'adressant à luy son Fils recouvreroit la vûë. Il n'eut pas sitôt entendu ces paroles qu'il la reprit fortement; & s'éloigna d'elle en piquant de toute sa force le mulet qu'il montoit. La Mére affligée s'informoit de toutes parts de ce qu'elle pourroit faire pour obliger l'Homme de Dieu à luy accorder cette grâce. Quelqu'un des Domestiques luy raconta les divers Miracles que l'eau dont il se lavoit les mains avoit opérez, mais le pieux Seigneur étant sur ses gardes à cause de cette Femme, faisoit répandre l'eau en sa présence dés qu'il s'étoit lavé les mains: mais la Femme continua de le suivre jusqu'à ce qu'il ne fit plus d'attention à faire répandre l'eau. Alors elle trouva moyen d'en avoir sans qu'il en eut connoissance. Elle courut à l'instant chez elle, en frotta les yeux de son Fils, & il recouvra dabord la vûë. Lors que le Saint au retour de Rome passoit dans la même Ville, cette Femme luy présenta son Fils ainsi guéri. Mais tandis que ceux qui avoient appris ce Miracle rendoient gloire à Jesus-Christ, luy seul gardant le silence & tout en pleurs, se cachoit aux yeux des hommes.

Ce que je vais dire encore paroîtra extraordinaire & presque incroyable; mais je ne laisseray pas de le rapporter sur le témoignage de deux personnes qui me l'ont assuré. Ils disent que revenant d'Italie sur le chemin de Turin à Lion, il se trouva aprez avoir déja traversé les Alpes dans des lieux secs & arides où il falloit nécessairement passer. Le vin manquoit dans les outres : on n'en trouvoit pas à vendre, parce que le pays étoit désert depuis longtems à cause des ravages que les Sarrasins y avoient faits; & comme on ne trouvoit point d'eau non-plus, ils commencérent à être fort pressez de la soif. Dans cette fâcheuse conjoncture ils faisoient leur possible pour avancer & se tirer de là au plus vîte. Mais les gens de pié & les bêtes de charge n'en pouvoient plus, de sorte que ce bon Maître ordonna à ses gens de se reposer un peu. Les hommes étoient couchez à terre tristes & abbatus, tandis que les bêtes alloient ça & là dans les préries cherchant de l'eau, lors qu'un des Ecclesiastiques ennuyé de ce qu'on s'arrêtoit si longtems, s'avança pour faire charger les chevaux, & les voulant rassembler il découvrit une fosse remplie d'une liqueur qu'il ne connut pas dabord. Tout surpris, il se baissa pour voir de plus prez ce que c'étoit. Il fût saisi comme d'une odeur de vin, & courut tout joyeux rapporter cette nouvelle au Comte : Vous êtes bien simple, luy répondit le Saint : plût à Dieu que nous eussions trouvé de l'eau : d'où voulez-vous que vienne ce vin ? Ce jeune

Ecclesiastique prit alors un vase, fût puiser de cette liqueur, & en apporta au Comte. C'étoit veritablement la couleur & le goût du vin. Aussi-tôt ce pieux Seigneur ordonna à ses Chappelains de prendre la Croix & les Reliques, & d'aller dire sur le fossé où étoit cette liqueur les priéres marquées par l'Eglise pour faire l'Eau-benite. Puis ayant dit à ses gens au nom de Jesus-C. de prendre de cette liqueur & d'en goûter, on trouva que c'étoit véritablement du vin, non sans une grande admiration & une extréme joye. Mais le premier soin de l'Homme de Dieu fût de rendre grâces à Nôtre Seigneur avec tous ses gens. Puis il leur fit donner à tous de cette liqueur; & il n'en prit qu'aprez tous les autres; mais il ne voulut pas qu'on en portat dans des bouteilles. Voilà ce que j'ay crû devoir rapporter sur la foy de ces deux personnes qui assurent auoir vû ce prodige. Certainement ce que nous voyons tous les jours se passer sur son Tombeau nous donne bien lieu de le croire.

Il faisoit souvent ce voyage; car il ne vouloit aller ni à la Cour des Roys, ny dans les Palais des Souverains, ny dans les Assemblées des Princes; mais toute son ambition étoit de faire sa cour aux Princes du Ciel Pierre & Paul, en visitant souvent leurs Tombeaux. Il ne laissoit pas néanmoins de visiter de tems en tems d'autres lieux célébres en sainteté & en miracles, comme les Tombeaux de saint Martin & de saint Martial, ce qu'il faisoit toujours avec une piété & une édification qui ravissoit tout le monde. Là il contemploit en esprit l'ineffable joye des Bienheureux dans le Ciel; & il s'animoit de plus en plus du saint désir de participer un jour à cette joye dont il sentoit déja comme un avantgoût.

Audela' de Suze on trouve un champ tout couvert de jonc auprez d'un Bourg appellé saint Martin où ceux qui font le voyage de Rome ont accoutumé de s'arrêter. Comme ses Serviteurs eurent dressé les Tentes en cet endroit, un aveugle se fit conduire à luy, & le conjura de luy donner de l'eau qui eut touché ses mains. Le Saint luy ayant ordonné de demeurer là sans rien dire, il entra dans sa Tente, & fût quelques momens en priéres devant les sacrées Reliques. Dans ce moment tout son monde étoit occupé chacun à son employ. Se voyant donc seul, & jugeant que la chose se pourroit faire secretement, il appella un de ses Officiers qui fit entrer cet Aveugle. Alors il lava ses mains promptement : puis ayant trempé ses doigts dans une autre eau il y fit le signe de la Croix dessus avec les saintes Reliques ; & luy en ayant mis sur les yeux l'Aveugle recouvra la vûë à l'instant ; & il commençoit à crier ; mais le Saint luy imposa silence, se mit à rendre grâces avec cet homme à la Majesté Divine, & l'ayant congedié ensuite, aprez luy avoir donné de ses habits, le fit conduire secretement hors des Tentes.

UNE AUTRE-FOIS revenant de Rome, il se trouva un Samedy dans une Eglise, & comme ses gens vouloient partir le lendemain ; il crût que par respect pour le Dimanche, il falloit aumoins attendre jusqu'à trois heures aprez midy. Ce retardement, par un motif si loüable, ne fût pas sans utilité. Car lors que les Messes furent dites avec la solemnité qui se pratique en ce saint jour, & qu'on se fût mis en chemin aprez le diné, on rencontra un homme à cheval qui s'étoit égaré, le Comte permit qu'il se joignit à sa troupe, & le traita avec toute sorte d'humanité.

MAIS avant qu'ils fussent arrivez à la Ville appellée Abricola, un Aveugle qui s'étoit mis sur le passage, demandoit avec empressement si quelqu'un de ceux qui marchoient devant luy n'étoit pas le Comte GE'RAUD. Un de nos Religieux de la compagnie du Prince, & qui n'étoit alors que Chanoine, mais qui faisoit le voyage à pié par dévotion, étant à l'endroit où étoit l'Aveugle, luy dit que le Comte alloit venir. „ Mais, ajouta-t'il, d'où „ vient que vous le cherchez avec „ tant d'empressement ? Il y a neuf „ ans, mon Pére, luy dit l'Aveugle, que je suis dans l'état où vous „ me voyez. J'ay été averti en son„ge cette nuit de me trouver ici, „ de demander le Comte GE'RAUD „ qui vient de faire un Pélerinage „ au Tombeau des saints Apôtres, „ d'avoir de l'eau dont il se seroit la„vé les mains, & de m'en mettre „ sur les yeux. Le Chanoine s'arrêta ; & dans le moment vint le saint Comte. C'étoit sa coutume à cheval de marcher seul & la téte couverte pour étre moins dissipé dans la divine psalmodie, qui faisoit toute son occupation sur le chemin. Le voylà, dit alors doucement le Chanoine parlant à cet Aveugle. Celui-cy conjura le Prince de s'arrêter, & luy raconta la vision qu'il avoit eüe. Cet humble Seigneur, tout confus, & marquant par le changement qui se fit sur son visage qu'il avoit ces sortes de discours en horreur, continua son chemin sans rien dire. Mais l'Aveugle ne se rebutant pas pour cela, le conjura par tout ce qu'il y avoit de plus sacré de s'arrêter, d'avoir compassion de luy, & de ne luy pas refuser la grâce qu'il luy demandoit, & qu'il espéroit de recevoir. Tous ceux qui étoient auprez de GERAUD luy faisoient la même priére. Pour luy se consultant un peu luy-même, & se souvenant sans doute, que l'Apôtre nous avertit *de ne pas négliger les grâces que nous avons reçûës*, Il dit ces paroles qui luy étoient ordinaires en pareil cas : O SAINTS DE DIEU SECOUREZ-NOUS. En même tems il s'arrêta ; & comme on trouve ordinairement quelque ruis-

1. Tim. 4. 14.

ſeau dans ces vallons, on apporta de l'eau dont le Comte ſe lava les mains en diſant : La volonté de Dieu ſoit faite ; & continua ſon voyage. L'Aveugle ſans differer mit de cette eau ſur ſes yeux, & ne fût pas trompé dans ſon attente ; car il reçût ſi promptement la vûë qu'il ſe mit à courir aprez en criant : O ſaint GE'RAUD, ſaint GE'RAUD, je voy grâces à Dieu. Pour nôtre Saint il donnoit des éperons, & s'en alloit bien vîte pour ne rien entendre, il paſſa au travers de la Ville ; & ce ne fût qu'au bout de deux jours que ceux de ſa compagnie pûrent le rejoindre. D'où l'on peut voir que ſes mains qui faiſoient de ſi grands prodiges devoient être exemptes de tâche & bien pures, & que les préſens ne les avoient pas corrompues. *Malheureux* au contraire *ceux dont les mains*, comme dit le Prophére Roy, *ſont pleines de preſens* ; car nous ſçavons par les ſaintes Ecritures, que le feu dévorera ceux qui en reçoivent facilement.

ON RACONTE aussi d'autres choses non moins surprenantes qui luy sont arrivées dans ses voyages, & que j'omets pour n'être pas long. Je ne puis néanmoins passer sous silence une chose d'une autre espéce qui luy arriva allant à Rome. Comme il entroit en Italie, il entendit la voix d'un homme qui l'appelloit & qui se disoit mort. Le Comte crût que c'étoit la voix d'un nommé Girbaud qu'il avoit laissé en Auvergne. Là dessus il appella quelqu'un de ses gens ; & leur demanda s'ils avoient des nouvelles de cet homme. Ses gens luy dirent qu'ils l'avoient laissé bien malade. Il fit marquer le jour, & réciter l'Office des Morts pour le repos de son ame. De retour en Auvergne il s'informa qu'étoit devenu Girbaud, & il apprit qu'il étoit mort précisément le jour qu'il avoit entendu cette voix.

APREZ AVOIR SATISFAIT à sa dévotion, en visitant les Tombeaux

beaux des Apôtres, ce qui étoit le principal motif de son Pélerinage, il visitoit les autres lieux saints moins fréquentez, comme s'il eut entendu la voix du Prophéte, *qui s'éloignoit*, disoit-il, *par la fuite, & demeuroit dans la solitude*. Ps. 54. 8. C'étoit là qu'évitant le commerce des hommes & le tumulte des affaires, il cherchoit un repos qui luy donnât le moyen de vaquer avec une entiére liberté aux choses du Ciel. Comme il étoit en retraite dans une Chapelle pour suivre cette sainte inclination, la Fête des saints Jean & Paul arriva pendant ce tems-là; une Villageoise travailloit à je ne sçay quel ouvrage dans un jardin, & s'apperçût d'une goute de sang sur sa main, qui en fût tout dabord enflée. Etonnée & tremblante elle courut avec de grands crys vers l'Homme de Dieu, & luy montrant sa main le conjure d'avoir pitié d'elle. Alors il s'adressa aux Prêtres, fit dire la Messe pour elle, & faisant benir de l'eau on fit avec les Exorcismes prescrits par l'Eglise en fit laver la goute de sang. Pour luy il se tint toujours à l'écart afin de ne pas donner lieu de croire qu'il eut part au miracle. La main ne fût pas sitôt lavée que le sang & la tumeur disparurent ; & la Femme s'en alla parfaitement guérie,

Ce lieu étant donc éloigné du commerce des hommes, & par là si conforme à son inclination, il s'y retiroit fort souvent. Un jour qu'il y avoit célébré la Fête de l'Assomption de la Vierge, la Messe dite, & la solemnité des Offices achevée, il sortit pour rejoindre ses gens. Car il avoit accoutumé aprez les plus longues & les plus ferventes priéres de se communiquer au dehors, afin que si quelqu'un avoit à luy parler on en eut la liberté. Ainsi comme il étoit avec ceux de sa Maison, son Maître d'Hôtel luy vint dire qu'il étoit fort contristé de n'avoir que de la viande salée à luy donner dans un jour si solemnel. Ne vous en affligez pas, luy répondit le ſaint Comte, car ſi la Mére de Dieu le vouloit, nous ne manquerions pas d'autres mets dans ce joúr de ſa Fête. A peine eut-il dit ces paroles qu'un Cerf ſe précipita à leurs piez du haut d'un rocher qui domine ſur ce lieu. Ses Domeſtiques le prirent, ravis d'admiration & de joye; & comme dans cette ſaiſon la chair des Cerfs eſt tendre, ils en préparerent un mets fort exquis à leur Maître. Et certainement il ne doit pas être incroyable que la Providence luy fournit d'une maniére ſi merveilleuſe un ſecours ſi peu attendu, quand on fait réflexion que n'ayant en vûë dans tout ce qu'il faiſoit que la gloire de Dieu, comme l'Apôtre nous y exhorte, il partageoit ſon pain avec les Pauvres. En effet, jamais il ne rejetta leurs demandes, comme ceux qui ont eu le bonheur de le ſuivre par tout, nous l'aſſurent. Mais au contraire, ſelon cette parole du Pſalmiſte: *Bienheureux celuy qui écoute le pauvre* Pſ. 40. 2.

& l'indigent, ce Saint n'entendoit jamais leurs crys qu'il ne jettât de profonds soûpirs ; & il avoit accoutumé de leur dire des paroles qui marquoient sa compassion pour eux.

XVIII. *Il délivre son Neveu des mains du Comte Raymond d'une maniére miraculeuse.*

ON A CONNU le Comte Raymond Fils d'Odon. Il retenoit Prisonnier Benoit Vicomte de Toulouse, & Neveu de nôtre Saint, aprez l'avoir pris par de mauvais artifices. Benoit avoit un Frére nommé Raynaud, qui s'étoit donné en ôtage pour luy. Sur ces fâcheuses nouvelles GE'RAUD songea sérieusement à délivrer son Neveu. Mais le Comte Raymond bien loin de le vouloir rendre ne tâchoit qu'à surprendre encore Benoit pour les avoir tous deux en sa puissance. Il s'étoit même déja passé sept mois sans que nôtre S. Comte eut pû procurer la liberté de son Neveu. Un jour qu'il s'entretenoit de cette affaire avec Avigerne sa Sœur, Mére de ces deux jeunes Seigneurs: „ Pourquoy ma Sœur, luy dit-„ il comme par maniére de reproche,

„ ne priez vous pas Nôtre-Seig-
„ neur pour le ſuccez de cette af-
„ faire ? Certainement ou nôtre
„ foy eſt bien foible, ou nous ne
„ meritons pas d'étre exaucez ; & les larmes luy coulérent des yeux. On le vit enſuite plus appliqué à la Priére, & plus fervent dans ſes exercices. Il tenta de nouveau la férocité de Raymond en luy envoyant l'Abbé Rodulphe, qui ne gagnant rien ſur ſon eſprit ne penſa plus qu'à s'en retourner. Mais la nuit ſuivante Raymond crût voir en ſonge le Comte GÉRAUD ſe préſenter devant ſon lit & le pouſſer avec la main en luy diſant : „ Juſqu'à quand refuſerez-
„ vous de m'accorder ce que je de-
„ mande depuis ſi longtems. Sça-
„ chez que ſi vous ne renvoyez au
„ plutôt l'ôtage, vous en porterez
„ bientôt la peine. A ces paroles Raymond s'éveilla ; & conſidérant cette viſion il fût ſaiſi de frayeur. Il appella ſes gens pour leur raconter ce qui venoit de luy arriver en ſonge.

Un de ceux qui s'éloignoit le plus de donner au saint Comte la satisfaction qu'il demandoit, se trouva luy-même si épouvanté, qu'il exhorta Raymond à renvoyer au plus vîte son ôtage, s'il ne vouloit perdre bientôt la vie. Dabord Raymond envoya au lieu où étoit l'Abbé Rodulphe pour le faire revenir ; & aprez luy avoir raconté devant tout le monde de quelle maniére l'homme de Dieu l'avoit menacé en songe, il luy fit rendre l'ôtage & le pria humblement de le reconcilier avec le Comte GE'RAUD, & de luy procurer son amitié. C'est ainsi que le Saint venoit à bout de toutes ses entreprises par la protection divine, & qu'*il humilioit les*
Is. 45. 2. *orgueilleux de la terre*, comme parle l'Ecriture.

XIX. *Dieu luy envoye quelque-fois miraculeusement dequoy manger.*

COMME ce pieux Seigneur s'étoit mis en chemin pour se trouver à une Conférence qu'il devoit avoir avec le même Comte Raymond, & qu'il approchoit d'une riviere qu'on appelle Aveyron, on fit réflexion qu'on n'avoit point de Poisson ce jour-là pour la Table. Pendant que ceux qui l'accompagnoient s'entretenoient sur ce sujet, ils virent un gros Poisson appellé Mulet à cause de sa grosse tête, qui nageoit vers eux. L'un d'eux, celuy-là même qui l'a raconté, luy jetta un javelot & le blessa. Le coup le fit écarter du bord, mais y revenant ensuite il donna le tems de le prendre avec la main. Le Comte en rendit grâces à Dieu, & voulut persuader à ses gens qui regardoient la chose comme un miracle, qu'elle étoit arrivée par hazard. En effet cela pourroit étre. Je ne croy pas cependant qu'on ait vû dans une aussi si grande riviére que l'Aveyron, des Poissons quitter l'eau pour aller sur la rive se jetter entre les mains des hommes.

ET VÉRITABLEMENT on ne peut éviter de regarder comme une chose miraculeuse, qu'un Poisson s'élance bien loin hors de l'eau, qu'un Cerf se précipite du haut d'un rocher lors qu'on s'y attend le moins, ou qu'un Poiſſon s'avance luy-même vers le bord d'une riviére pour donner le moyen à ceux qui ſe trouvent là de le prendre ſans peine. Mais on ſera encore bien plus ſurpris d'apprendre de quelle maniére la Bonté Divine pourvût une autre fois à ſes beſoins.

ON TROUVE auprez du Monaſtére de Figeac une Parroiſſe appellée S. George, qui étoit ſous la conduite d'un Prêtre nommé Géraud, lequel à cauſe de ſa ſainteté étoit fort aimé de ce Seigneur, & avoit beaucoup de part en ſa confiance, & qui peu d'années avant ſa mort s'enferma dans une ſolitude pour mieux vaquer à la contemplation & à l'amour de Dieu. Un jour ſaint GE'RAUD luy rendit viſite ; & aprez avoir fait la Priére, & l'avoir embraſſé : Qu'avez-vous à nous donner, luy dit-il, mon cher Frére ? car nous venons dîner avec vous. Le Comte vivoit ainſi familiérement avec ce ſaint Prêtre. Il ne tiendra qu'à vous, Seigneur, luy répondit-il d'un air fort guay, de ne vous en retourner pas à jeûn. Je n'ay à la verité que du pain & du vin, mais je vais m'enquérir ſi on ne pourroit pas avoir des œufs ou du fromage. Ne vous mettez pas en peine, repliqua le bon Seigneur, c'eſt aujourd'huy un jour d'abſtinence ; & l'inconvénient ne ſera pas grand quand nous mangerons moins qu'à l'ordinaire. Mais comme le Prêtre s'empreſſoit pour trouver dequoy luy donner à dîner, étant entré dans ſon cabinet il vit un Poiſſon ſur un plat. Et ſurpris d'une telle avanture, il demanda à ſon Valet, qui avoit apporté ce Poiſſon ? Celui-cy l'aſſura qu'il n'en ſçavoit rien, qu'il n'avoit vû entrer perſonne. Le Prêtre courut auſſitôt vers le Comte, & le pria de venir dans ſon cabinet. Il y alla, & tout étonné d'admiration il ſe mit avec le Prêtre à remercier Dieu, puis il luy fit promettre auſſi bien qu'à ſon Valet qu'ils ne diroient rien pendant sa vie de ce qui venoit d'arriver. Néanmoins la chose se découvrit peu à peu par la disposition de la Providence, qui récompense les Saints de la gloire dans le Ciel, & ne laisse pas aussi de les manifester quelque-fois sur la terre quoy qu'ils cherchent à se cacher. Ainsi le Seigneur n'oublie jamais ses promesses ; & il est bien vray que ceux qui le cherchent ne manquent jamais de rien. Au reste il ne doit paroître en cela rien d'incroyable puisque nous sçavons que Dieu a souvent pourvû à la subsistance de ses Serviteurs par des voyes qui n'étoient pas moins extraordinaires.

XX. *Des miracles qu'il a faits avec le signe de la Croix.*

Il y a assez prez d'Aurillac un Bourg appellé Marcolés, auprez duquel on voit une grosse pierre naturellement ronde. Comme le Seigneur Géraud passoit un jour dans ce lieu, un homme qui étoit avec ses gens & qu'on nommoit Adralde, se vanta qu'il s'élanceroit d'un plein saut sur cette pierre ; ce qu'il fit à l'instant avec l'admiration de tout le monde. Or le bruit couroit qu'il usoit quelque-fois de maléfice. Le Comte étant venu bientôt aprez trouva là ses gens arrétez. Ils luy racontérent le saut qu'Adralde venoit de faire. Mais le Saint considérant que cela n'étoit pas possible quelque agilité qu'eut un homme, leva la main & fit le signe de la Croix sur cette pierre. Adralde ayant ensuite essayé plusieurs fois de faire la même chose, n'y pût réüssir ; & l'on connut par là, que cette adresse prétenduë n'étoit qu'un effet de la puissance du démon, dont la force étoit obligée de céder au signe de la Croix ; & que le Comte GE'RAUD, qui par là rendoit tous ses efforts inutiles, avoit une vertu bien puissante & bien efficace.

MAIS puisque nous en sommes sur ce sujet, disons quelque chose des effets merveilleux que GE'RAUD opéroit par le signe de la Croix. Un jour qu'il célébroit la Fête de saint

Laurens dans une de ses Chappelles prez d'Argentat, une de ses Esclaves, qui étoit parmi le Peuple, fut attaquée de quelque accident qui la mit dans une agitation étonnante & comme en fureur ; ce qui obligea le Saint, qui faisoit sa priére, à se tourner de son côté. On le conjura de faire sur elle le signe de la Croix, mais il le refusa par un sentiment de son humilité accoutumée. Cependant cette Femme continuant à se tourmenter, il céda enfin aux priéres reïterées de toute l'assemblée, & levant la main il fit le signe de la Croix sur elle. On la vit en même tems vomir un sang affreux, & tout aussi-tôt parfaitement guérie. Ce ne fût qu'actions de grâces envers la Bonté de Dieu dans la bouche de tout ce Peuple, & que loüanges à nôtre Saint. Mais il leur imposa silence en les reprenant sévérement, & les avertissant de ne regarder ce qu'ils venoient de voir, que comme un effet de la clémence de Dieu sur cette Femme,

& de la protection de l'Apôtre saint Pierre, auquel cette Eglsie étoit dédiée. C'est cette même Eglise où étoit le Comte, lorsque la Femme dont nous avons parlé recouvra la vûë en se frottant les yeux avec l'eau qui avoit servi à luy laver les mains.

UN CERTAIN HOMME appellé Herloarde ayant fait une chute de cheval, se cassa un genou ; la douleur qu'il en ressentit fût si grande, qu'il demeura six jours sans prendre de nourriture. Et ne pouvant trouver aucun soulagement dans les remédes, il se fit apporter secretement de Cadenac où le Saint étoit alors, de cette même eau. O merveille ! il ne s'en fût pas sitôt lavé le genou, qu'il n'y sentit plus de douleur, & qu'il se leva parfaitement guéri.

ON RACONTE ENCORE d'autres guérisons qui ne sont pas moins surprenantes : & qui ne mériteroient pas moins d'étre rapportées. Mais comme je n'en ay pour garant que le bruit commun, & que les quatre témoins, ſur la foy deſquels j'ay rapporté ce que je viens de dire, n'en parlent point, j'aime mieux les paſſer ſous ſilence. Nous n'ignorons pas toutefois que le Saint a fait beaucoup d'autres merveilles qui ne ſont venuës à la connoiſſance que d'un fort petit nombre de gens, ou qui n'ont point été divulguées. Car il avoit une attention toute particuliére à conſerver l'humilité, comme une vertu qu'on peut appeller l'œil de nôtre cœur ; & cela le portoit à cacher les œuvres miraculeuſes qu'il faiſoit. Quant à celles qui devenoient publiques malgré luy, il ne pouvoit ſouffrir qu'on luy en donnât des loüanges.

MAIS C'EN EST ASSEZ ſur le ſujet des miracles, pour ſatisfaire ceux qui meſurent la vertu des Saints non par la quantité de leurs bonnes œuvres, mais par le grand nombre des prodiges que la main de Dieu a opéré par leur miniſtére. Car on ne voit que trop de gens, qui ont moins d'estime pour les Saints, de qui ils n'entendent pas dire qu'ils ayent fait pendant leur vie des miracles. On en voit d'autres néanmoins, dont la piété paroit plus réglée, & qui pleins de respect & d'un amour éclairé pour un Saint, goûtent davantage les œuvres de justice qu'il a exercées. Mais quand la sainteté & la gloire des miracles se prêtent du secours mutuellement, la dévotion pour les Saints a un fondement assuré & doit étre plus grande.

SI GE'RAUD eut eu le Don de Prophétie, il y a apparence que personne ne luy dénieroit la qualité de Saint. Mais il me semble qu'il a fait encore davantage, ayant surmonté la passion de l'avarice. Car de quelle utilité fût à Balaam d'avoir découvert de si profonds Mystéres, puisque l'avarice causa sa perte. Je ne voy donc pas de plus grand Miracle dans GE'RAUD, que de n'avoir point mis son espérance dans les richesses & les trésors; c'est là,

comme nous l'avons déja dit, faire des choses véritablement surprenantes ; car il est si rare de trouver des gens qui ne mettent pas leur félicité dans les richesses, que cela a donné lieu au saint Esprit de dire :
Eccli. 31. 9. *Où trouvera-t'on cet homme?* que s'il s'en trouve quelqu'un, il est digne d'éloge, suivant cette parole qui suit : *Et nous le loüerons, parce qu'il a fait des merveilles pendant sa vie.*

TOUTE LA SUITE des actions saintes de nôtre Comte nous marque bien qu'il a fait de ces sortes de Miracles; car il a possedé de maniére ce qu'il a reçû de la succession de ses Péres, ou de la magnificence des Roys, qu'il l'a donné aux Pauvres, non pas comme a des esclaves, mais comme à ses maîtres. Il a eu des richesses sur la terre sans faire tort à personne : & il n'a thésaurisé que dans le Ciel. Il a été puissant dans le monde, mais pauvre d'esprit. On ne doit donc pas être surpris si, comme ajoute l'Ecri-
Ibid. 11. ture : *Ses biens ont été affermis dans le Seigneur.*

MAIS

MAIS ce qui eſt au deſſus de toute loüange dans ſa Vie, c'eſt l'amour de la Chaſteté qu'il a porté juſqu'au tombeau. Car c'eſt cette Vertu, qui ſeule imite la pureté des Anges. Ayant vaincu le vice contraire, qui fait les plus fortes armes de Satan, doit-on s'étonner ſi une telle victoire le rendit maître de cet eſprit impur. Il le fût auſſi du côté de l'avarice ; & il n'y a pas lieu d'être ſurpris, ſi ayant chaſſé de ſon cœur le Dieu de l'argent en ſurmontant ce vice, il exerça enſuite ſon pouvoir ſur les Poſſédez ; il le fit avec dautant-plus de droit & d'autorité qu'il avoit ſurmonté encore l'eſprit de ſuperbe, puiſque dans le haut rang qu'il tenoit dans le monde il a pratiqué une douceur & une humilité digne de l'Evangile.

LA VIE DE S. GÉRAUD COMTE D'AURILLAC.

LIVRE TROISIE'ME.

APREZ avoir montré l'éçlatante ſainteté du Comte GE'RAUD par le grand nombre des prodiges qu'il a faits, il nous reſte à montrer qu'elle a été la fin de ſa Vie, & dans quels ſentimens il eſt mort.

I. *Il continue son abstinence jusques à la mort.*

Il avoit de la vigueur quoy qu'il eut atténué son corps par les pratiques de la pénitence. Mais le tems venu où comme un soldat courbé sous le poids des années, il devoit être déchargé des travaux de la milice dont il avoit fourni la carriére, il commença à décheoir de sa vigueur accoutumée & à perdre ses forces. Il ne se dissimula pas son état. Mais reconnoissant que sa fin approchoit, & voyant auprez de luy ceux qui luy avoient toujours été le plus attachez il leur dit d'une parole défaillante & en soupirant du plus profond du cœur : *Eh bien, mes chers Enfans & mes Compagnons trés aimables, ne vous appercevez-vous pas que les forces me manquent. Vous pouvez bien reconnoître que le moment de nôtre séparation approche. J'espére de la miséricorde de mon Créateur, qu'il conduira mon ame dans la demeure éternelle que sa bonté me destine, tandis que mon fragile corps sera reduit en poudre.* Cependant dans cet état de douleur & de langueur, chose étonnante ! il ne laissoit pas de pratiquer ses abstinences ordinaires. La défaillance des forces, qui fait changer de maniére de vie aux soldats vétérans, ne pût gagner sur luy de prendre d'autre nourriture, que celle qu'il avoit accoutumée, parce qu'il avoit pris soin pendant sa vie de soutenir la vigueur de l'esprit contre les attraits de la mollesse & de la sensualité. Son ame qui s'engraissoit, pour ainsi dire, de toutes les vertus, voyoit sans peine le dépérissement de ses forces & la destruction de son corps. Mais comme il avoit un grand mépris pour luy-même, & qu'il se croyoit fort éloigné de la sainteté que tout le monde reconnoissoit en luy, il ne s'appercevoit pas assez d'où luy venoit cet affoiblissement extraordinaire. C'étoit dans la verité la plénitude de l'esprit & son grand amour pour Dieu, qui avoit détruit ses forces. Car les Saints sont trés persuadez que la grâce est foible en eux si elle ne les porte pas à affoiblir le corps, & que l'eſprit prend dautant-plus d'empire ſur la chair qu'il la néglige davantage. Ainſi Daniel aprez la viſion de l'Ange fût longtems foible & languiſſant. Jacob devint boiteux pour avoir lutté avec l'Ange. Cela vient de ce que plus les Saints avancent en grâce, plus le corps s'affoiblit. C'eſt ce qui arriva au Comte. *L'homme extérieur ſe détruiſoit* en luy, comme parle l'Apôtre, pendant que l'homme intérieur s'y renouvelloit de jour en jour. 2. Corinth. 4. 16.

II. *Il prophetiſe que l'Egliſe d'Aurillac ſeroit trés frequentée dans la ſuite du tems*

COMME IL E'TOIT UNE FOIS dans la Ville qui domine ſur Aurillac, conſidérant le Monaſtére qu'il faiſoit bâtir, il jettoit beaucoup de larmes. Un de ceux à qui il parloit familiérement luy ayant demandé d'où venoient ces pleurs? „ C'eſt, répondit-il, que je ne ſçaurois voir accomplis tous les deſſeins que j'ay „ eus pour ce Monaſtére, car *ce ſera* „ *là mon repos & le lieu où j'habiteray.* Pſal. 131. 14.
„ J'ay fini par la miſéricorde du

„ Seigneur les lieux Réguliers, & „ tout ce qui peut rendre ce séjour „ commode & agréable à des Moi- „ nes. Mais ce sont des Moines que „ je cherche, & je n'en puis trou- „ ver. Dans cette rareté je me „ trouve seul ; cette privation de „ mes desirs me consume de douleur „ & de tristesse. J'espére néanmoins „ que Dieu Tout-puissant accompli- „ ra mes desirs en son tems. Pour- „ quoy pécheur, comme je suis, se- „ rois-je étonné de ce retardement, „ puisque le saint Roy David ne „ pût voir le Temple du Seigneur „ élevé durant sa vie ; & cependant „ il étoit le Pére de celuy qui le „ devoit bâtir. Quoyque je n'aye „ pas la consolation de voir l'accom- „ plissement de mes vœux avant ma „ mort, Nôtre-Seigneur par sa mi- „ sericorde me l'accordera selon sa „ volonté. Je suis bien aise seule- „ ment que vous sachiez que l'en- „ ceinte de ces murailles qui vous „ paroit maintenant si vaste, sera un

„ jour trop petite pour contenir le „ Peuple qui y accourrera de toutes „ parts. Il ne donna pas à connoître par quelle voye il avoit appris cela. Mais ceux qui ont sçû qu'il avoit tenu ce discours, voyant le concours du Peuple qui vient tous les jours en foule dans ce saint Lieu, ne doutent point qu'il ne l'eut appris par la révélation divine. Il parloit si fort de l'abondance de son cœur, qu'il avoit sans cesse la Loy de Dieu dans la bouche. Enfin pour imiter encore ce saint Roy dont nous avons parlé, il pourvût à tout ce qui étoit nécessaire aux Moines, qui devoient un jour habiter ce Monastére, soit en les fournissant de Reliques des Saints, d'Ornemens sacrez, & d'autres meubles necessaires à l'Eglise, soit par les revenus qu'il leur établit en fonds de terre.

III. Il devient aveugle 7. ans avant sa mort. Ses disposi-

POUR VE'RIFIER l'Oracle prononcé par l'Esprit divin, qui veut que ceux qui sont Saints le deviennent encore davantage, il fal-

tions dans cette affliction.

loit qu'avant que de finir ſes jours, il fût éprouvé par de nouvelles ſouffrances, & qu'à l'exemple de Job & de Tobie il fût mis dans le creuſet de la tribulation, parce qu'il étoit ami de Dieu. En effet, il perdit l'uſage de la vûë pendant ſept ans, quoy qu'il eut les yeux ſi beaux en apparence & ſi nets, que perſonne ne l'eut cru aveugle. Il ſouffrit cette affliction, non ſeulement avec patience, mais encore avec joye, perſuadé que c'étoit une grâce que Dieu luy faiſoit, & que quoyque tous ceux qui ſont châtiez ne ſoient pas du nombre des enfans, cependant nul véritable fils n'eſt exemt de châtiment. C'étoit ſa conſolation de voir que Dieu eut daigné étendre ſa main ſur luy pour le frapper, & qu'il voulut bien punir ainſi ſes péchez en ce monde où l'on ne peut vivre ſas en commettre. Si bien que, ſolidement fondé ſur la confiance en la miſéricorde divine, il eſpéroit que Dieu aprez luy avoir fait ſentir les fleaux de ſa Juſtice dans cette vie, le garentiroit des châtimens éternels dans l'autre. Plus l'aveuglement du corps le delivroit de l'embarras des affaires, plus la privation des yeux corporels le mettoit hors d'état de voir la figure exterieure du monde; plus auſſi avoit-il d'attention & d'aſſiduité à la priére, plus tenoit-il les yeux de l'ame ouverts pour contempler la véritable lumiére. Comme il n'étoit pas diverti par les objets extérieurs, il ſe renfermoit & ſe recueilloit tout entier au dedans de luy-même, par ſon attachement à l'Oraiſon; & par ſon application aux ſaintes lectures qu'on luy faiſoit. Ainſi il donna chaque jour juſqu'à la fin de ſa vie un nouvel accroiſſment à la piété qu'il avoit cultivée depuis ſa jeuneſſe.

IV. *Il fait dédier l'Egliſe d'Aurillac, & y met quans*

DEUX ANS avant ſa mort, il fit célébrer la Dédicace de ſon Egliſe avec une ſolemnité extraordinaire. Il voulut qu'on mit une ſi *tité de Reliques.* grande quantité de Reliques dans les Autels, que ceux mêmes qui en ont été les témoins en sont surpris, & que la chose paroit presque incroyable à ceux qui l'ont oüi raconter. Ce Pére Saint ne perdit aucune occasion d'en ramasser tant qu'il vêcut. Il en obtint à Rome & ailleurs. ceux qui en avoient, charmez par sa douceur ou gagnez par ses liberalitez, luy en fournissoient selon ses désirs de trés autentiques. On l'a vû souvent donner pour ces précieux Ossemens des Tentes magnifiques, des chevaux de grand prix, & des sommes trés considerables. Il fit mettre dans l'Autel, qui est sur la main droite une dent de S. Martial avec quelques autres Reliques de saint Martin & de saint Hilaire. Les personnes qui luy donnerent cette dent ne la pûrent jamais arracher de la mâchoire de ce saint Corps quelque effort que l'on fit. Mais GE'RAUD s'étant mis en priéres la tira en un moment.

ON RACONTE une chose asſez extraordinaire, qui arriva le jour de la Dédicace de cet Autel. Comme il y avoit un monde infini, & comme un jeune garçon en eut pris le Tapis, * ſous pretexte de le rendre au Sacriſtain, & qu'il l'eut enlevé malgré tout ce qu'on luy pût dire pour l'en empêcher, il ſe trouva tout d'un coup ſurpris d'une grande incommodité. Ses mains commencerent à perdre leur peau, il en fût enſuite de même de tout ſon corps, en ſorte qu'à peine pût-il être rétabli dans l'eſpace de ſix ſemaines.

* Pallium.

AU RESTE, il donna Aurillac aux Moines qu'il y avoit appellez, comme il l'avoit autrefois réſolu; & depuis ce tems là il n'y fit guéres de ſéjour.

V.
Il diſpoſe de ſes biens. Avec quelle humanité il traitoit ſes Eſclaves. Son ſenti-

POUR PRE'VENIR les différens qui pouvoient naître aprez ſa mort au ſujet de ſa ſucceſſion, & laiſſer à ſes Héritiers la paix avec ſes biens, il profita du tems qu'il avoit encore à vivre pour mettre un bon *ment sur l'observation des Loix de l'Etat.*

ordre à ses affaires. Il disposa donc en faveur de ses Proches, de ses Gardes, & de ses Domestiques des Terres & des Esclaves, qui n'étoient pas compris dans les dons qu'il avoit faits à saint Pierre, à cette condition néanmoins, que toutes ces choses retourneroient au Monastére d'Aurillac aprez la mort de ceux à qui il en laissoit la jouïssance. Il affranchit seulement alors cent Esclaves. Car pour ceux qu'il a rendus libres en différens tems, ils sont presque sans nombre. Plusieurs d'entr'eux, charmez de vivre sous les Loix d'un si bon Maître, & par un effet de l'amour qu'ils luy portoient, refuserent la liberté qu'il leur vouloit donner, & préférérent de demeurer en servitude auprez de luy plutôt que de le quitter, tant sa douceur étoit grande; & sa conduite à leur égard pleine de compassion & de tendresse. Sur ce que quelques-uns luy proposoient d'affranchir la plus grande partie de cette multitude d'Esclaves qui étoient à luy, il leur répondit, que ce qu'il y avoit là dessus de juste & de nécessaire étoit d'observer les Loix, & de n'avoir pas un plus grand nombre d'Esclaves qu'il n'étoit permis d'en avoir ; ce que nous rapportons, pour montrer l'attachement qu'il avoit non seulement pour la Loy de Dieu, mais encore pour l'observation des Loix humaines.

VI. *Circonstances de sa mort.*

QUELQUE-TEMS avant sa Mort il fit son séjour à Cezeina * qui étoit une Parroisse de sa Jurisdiction, & dont l'Eglise est dédiée à l'honneur de saint Cirice. On le voyoit là soûpirer & gémir plus qu'à l'ordinaire, en sorte qu'il étoit aisé de s'appercevoir que ses desirs le portoient ailleurs, & qu'il ne trouvoit plus de consolation sur la terre. Au milieu de ces soûpirs on voyoit ses larmes couler en abondance. Il élevoit ensuite les yeux vers le Ciel, demandant à Dieu de le délivrer des liens de ce corps mortel ; & il répétoit souvent cette priére : O

* *Cette Parroisse est prez de Figeac & s'appelle aujourd'huy dans le pays S. Cirgue.*

SAINTS DE DIEU VENEZ A MON SECOURS. Il l'avoit eüe ordinairement dans la bouche pendant toute sa vie, sur tout, dans les cas extraordinaires & imprévûs.

Au bout de quelque tems une défaillance l'ayant pris, on s'apperçût que ses forces diminuoient notablement, & que la destruction de son corps approchoit; ce que luy-même ayant connu, il fit prier l'Evêque Amblard * de le venir aider dans ce dernier passage par ses priéres & par ses exhortations, afin que le Pasteur remit la Brebis qui soûpiroit aprez les pâturages éternels, entre les mains de Nôtre-Seigneur Jesus-Christ le souverain Pasteur & l'Evêque de nos ames. Il régla cependant avec une merveilleuse présence d'esprit l'ordre de ses funerailles, & tout ce qui concernoit les besoins de ceux qu'il laissoit aprez luy.

* *Evêque de Clermont.*

Sur ces entrefaites, il se répandit un bruit dans tout le

pays, que GE'RAUD l'Homme de Dieu étoit mourant. Aussitôt il accourut de toutes parts un Peuple infini, pleurant leur commune perte. Les Ecclesiastiques & les Religieux mêlez avec la Noblesse, des troupes entiéres de Pauvres, & une multitude de ses Vassaux qui fondoient en larmes, excitez mutuellement à ce triste devoir par la vûë d'un si pitoyable spectacle. Au milieu de ces pleurs & de ces gémissemens, les uns exaltoient sa piété, les autres sa douceur & sa charité; les autres le soin qu'il prenoit des Pauvres, & la protection qu'il donnoit aux foibles; tous enfin faisoient l'éloge de ses Vertus. Ce qui redoubloit la douleur de tout le monde. Oh quelle perte! disoient les uns. O saint Comte, disoient quelques-autres, c'est bien justement qu'on vous a appellé *Bon*; car qui pourra vous imiter dans l'appuy & le secours que vous donniez aux indigens? qui prendra soin comme vous des Orphelins ? qui défendra les Veuves ? qui consolera les Affligez ? qui descendra avec plus de bonté que vous d'un si haut rang pour se mêler parmi les Pauvres ? qui étudiera leurs nécessitez avec plus de soin ? qui y remediera plus efficacement ? qui les soulagera avec plus de zéle ? ô trés bon Pére, que vous nous avez été toujours aimable & toujours doux ! vous aviez gagné le cœur de tout le monde, & de ceux-là mêmes qui ne vous avoient jamais vû ; tant la réputation de bonté, de douceur, de générosité que vous vous étiez si légitimement acquise étoit répanduë par tout. Tels étoient les discours qu'une juste douleur arrachoit du cœur & de la bouche de tout le monde. Les larmes couloient de tous les yeux avec tant d'abondance, qu'on auroit dit qu'elles ne devoient jamais cesser ; au reste ces lamentables crys se renouvelloient tous les jours jusqu'à sa mort. Pour ce qui regarde le Saint, toujours égal à

luy-

luy-même, il ne laissoit pas dans cet état de se posseder parfaitement, & de faire distribuer de larges aumônes à tous ceux qui les vouloient recevoir.

NE DOIT-ON PAS APPELLER heureux un homme, qui n'a pas cessé de pratiquer la charité jusque dans les derniers momens de sa vie, & que la charité des Saints a aussi receu dans le Ciel. Veritablement heureux dans le haut rang où la Providence l'avoit mis de n'avoir ny opprimé ny même offensé personne, & de n'avoir donné à qui que ce soit le moindre sujet de se plaindre de luy. Car si Natanaël mérita de recevoir de la bouche du Fils de Dieu cet éloge, qu'il étoit bon Israëlite, sans deguisement, sans artifice, n'avons-nous pas sujet de donner le même nom à nôtre saint Comte, de qui tout le monde a toujours dit tant de bien, & auquel, comme à un autre Job, *les yeux de tous ceux qui l'ont vû, rendent témoignage.* Job 29. 11.

Au milieu de cette affliction publique le Saint étoit seul dans la joye, sçachant que la lumiére du midy s'éleve vers le soir pour ceux qui espérent en Dieu, & qu'*aprez leur avoir envoye le sommeil, il les reçoit dans son heritage*, comme parle l'Ecriture. Ainsi quoyque par la fragilité de la chair il témoignât peut-etre quelque sorte de crainte; cependant son esprit appliqué à contempler la gloire du Ciel étoit dans la joye, se voyant sur le point d'arriver à la felicité, l'objet de toutes ses espérances. Car comme il est écrit que *le Juste est rempli de confiance à l'heure de sa mort*, en voyant le Saint on auroit cru voir l'accomplissement de cette parole, tant il étoit rempli de cette douce confiance, tant il craignoit peu de mourir. On le voyoit plein d'une sainte allegresse, en sorte que tous les sentimens de crainte, si ordinaires dans ce terrible moment, paroissoient entiérement bannis de son esprit.

Ps. 126. 3.

Sap. 4. 7.

PENDANT TOUT LE TEMS que dura cet état de langueur, il s'élevoit si fort au dessus de l'infirmité du corps par la vigueur de l'esprit, que sa priére n'en fut jamais interrompuë ; il ne souffrit pas non plus qu'on récitât une seule fois l'Office de la nuit hors de l'Eglise & s'y trouvoit toujours. Il faisoit dire * une Messe du jour, & une autre pour les Morts ausquelles il assistoit, placé devant l'Autel. Quoyque tous ses membres parussent arides & sans force, & qu'il ne pût marcher seul, ny en se faisant soutenir, cependant comme il conservoit toujours la même ferveur d'esprit, il se faisoit porter dans sa Chappelle ; ainsi, pour user des termes de l'Ecriture, il étendoit *le vêtement de ses bonnes œuvres jusqu'à ses piez*, c'est à dire, jusqu'au dernier moment de sa vie, & rendoit sa vertu véritablement digne de loüange, en persévérant jusqu'à la fin.

* Missam verò diei competentem, & alterã pro Defunctis, coràm altari positus, audiebat.

On voit encore aujourd'huy dans l'Eglise cette pratique, qui étoit ancienne dés ce tems là.

VII. *Ce qui se passa aux derniers momens de sa vie.*

SE SENTANT AFFOIBLI un Vendredy matin au point du jour, il voulut que ses Chapelains récitassent les Nocturnes de l'Office Divin auprez de son lict, tandis que l'Evêque avec son Clergé célébroit le même Office dans l'Eglise. Il psalmodioit avec ceux qui psalmodioient & aprez l'Office de Matines il récita toutes les autres Heures ; & ayant achevé Complies, il s'arma du signe de la Croix, & prononça ces paroles, qui luy avoient été si familiéres toute sa vie : O SAINTS DE DIEU VENEZ A MON SECOURS. Ce furent ses derniéres. Aprez quoy il ferma les yeux en silence. Ceux qui étoient présens, voyant qu'il ne parloit plus, appellérent l'Evêque, & revêtirent cependant le Saint d'un cilice. Comme on disoit les Pseaumes & les Priéres accoutumées pour les Agonisans, un Prêtre se détacha, & fut dire au plûtôt la Messe, aprez laquelle il revint portant le trés sacré Mystére. * Quelques-uns le croyoi-

* Missam concitus

ent déja passé ; mais le Saint qui avoit toute sa connoissance, ouvrant doucement les yeux, donna des signes de vie. Alors [a] il reçût avec une ardeur incroyable LE CORPS DE NÔTRE-SEIGNEUR qu'il attendoit. Aprez quoy cette Ame bienheureuse s'en alla dans le Ciel.

celebravit, atque sacro-sanctum Mysterium attulit.

[a] Dominicum Corpus, quod expectabat, suâ sponte suscepit.

SA MORT arrivée le Vendredy, qui est le sixiéme jour de la Semaine, semble nous marquer qu'il consomma alors l'ouvrage de sa sainteté, & qu'il passa au véritable Sabat, qui est le repos éternel ; comme à la création du monde, Dieu acheva toutes ses œuvres le sixiéme jour, & se reposa ensuite. Car nous ne doutons pas que GE'RAUD ne voye maintenant à découvert ce qui a été l'objet de ses plus ardens désirs pendant sa vie, & qu'il ne posséde pleinement ce qu'il a toujours espéré.

CETTE MORT causa donc une douleur générale dans l'esprit de tout le monde. Car bien qu'on eût raison de modérer l'affliction qu'on ressentoit de sa perte, en considérant quelle avoit été sa piété, & la sainteté de sa vie, & qu'on eût plus de sujet de se réjouir, que de s'affliger, néanmoins la douleur de se voir tout d'un coup privez de la présence d'un si bon Seigneur, & le peu d'espérance qu'il y avoit d'en voir jamais un semblable, jettoient tous les cœurs dans la tristesse & arrachoient des larmes de tous les yeux. Mais les Anges se réjouissoient, tandis que les hommes pleuroient : car si c'est un sujet de joye pour les premiers, comme l'Evangile nous l'apprend, de voir un pécheur qui fait pénitence, combien en doivent-ils avoir de la societé d'un juste, qui avoit vieilli dans tous les exercices de la charité & de la piété. La Foy seule peut contempler la joye du Seigneur où entra cette Ame sainte conduite par les Esprits Bienheureux. Pour les yeux du corps, ils ne découvroient dans ce triste spectacle qu'un cadavre qui venoit de payer le tribut à la nature ; car il est reservé à l'autre vie de voir à découvert le degré de Gloire où l'Ame de ce Saint a été élevée dans le Ciel.

GE'RAUD mourut donc, non comme les méchans ; car *son sort*, Sap. 5. 5. selon l'expression du Sage, *est parmi les Saints*. Que si néanmoins étant homme, il fut soumis à la loy des autres hommes, à qui le même Prophéte dit : *Vous mourrez, parce que* Ps. 81. 7. *vous étes hommes* ; on peut aussi luy appliquer ce qui est dans le même Pseaume : *J'ay dit vous étes des Dieux*, Ibid. *& vous étes tous les Enfans du Trés-haut*. L'Evangeliste nous en assure, en disant, que *nous sommes les Enfans de Dieu*, 1. Joan. 3. 2. *quoyqu'il ne paroisse pas encore ce que nous serons un jour*.

HEUREUX DONC GE'RAUD, qui a sçû séparer ce qui est prétieux de ce qui est méprisable. Car aprez qu'il eût goûté *combien le Seigneur est doux*, il ne fit plus à Dieu l'injure de luy préférer les vains plaisirs du monde ; mais il regarda la vie

présente, pour laquelle les méchans ont un si grand attachement, comme méprisable, & la mort au contraire, qu'ils ont en horreur, comme prétieuse. Véritablement heureux d'avoir passé ses jours dans la douleur, & ses années dans les gémissemens & dans les larmes ; car il éprouve maintenant *combien est*
Ps. 30. 20. *grande la multitude de la douceur, que Dieu reserve à ceux qui le craignent*, & qu'il se contente de faire entrevoir dans cette vie par quelques signes. O quelle différence entre un riche de ce caractére, & les riches injustes du siécle. Ses larmes luy servirent de nourriture ; ce fut, comme il est dit de David, son pain & sa boisson : Ceux-là au contraire,
Luc. 6. 24. *passent leurs jours dans la jouissance des biens & des plaisirs ; ils ont leur consolation sur la terre*, comme dit l'Evangile. Luy plein d'une sainte joye *a*
Ps. 131 3. *passé dans le Tabernacle du Seigneur :*
Job 21. 13. Eux *descendent en un moment dans les enfers.*

AU RESTE, si l'on peut dire quelque chose de sa maniére extérieure d'agir, qui réponde à l'eminence des grâces qu'il avoit reçûës ; il n'est pas possible de comprendre *les delectations intérieures*, *dont la droite de Dieu*, comme parle le Prophéte Roy, *le remplit avec abondance* ; il faudroit pour cela sentir en soy-même ce que c'est que *de se réjoüir dans le Seigneur*.

Ps. 15. 11.

Ps. 9. 16. & 34. 9.

COMME DIEU est donc admirable dans ses Saints, & qu'il nous est ordonné de le loüer en eux, suivant cette parole de David : *Loüez le Seigneur dans ses Saints :* nous le loüons de tout nôtre cœur en vous, ô Bienheureux GE'RAUD. Nous le loüons de ce qu'il vous a choisi & rendu parfaitement Juste. Nous le loüons de la misericorde qu'il a exercée envers vous, de ce qu'il vous a conduit par des voyes droites ; & de ce qu'il vous a fait trouver le fruit & la récompense de vos bonnes œuvres. Nous le loüons de ce qu'il ne

Ps. 150. 1.

vous a pas abandonné dans vôtre vieilleſſe, & encore plus, de ce qu'il vous a compté parmi ſes enfans; nous le loüons enfin de ce qu'il vous a glorifié aux yeux de tout le monde.

Pſ. 31. 1. MAIS COMME *la loüange convient aux Saints*, nous vous loüons auſſi pour la gloire de Dieu. Nous vous loüons d'*avoir porté le joug du* Jerem. ben. 3. 27. *Seigneur dés vôtre jeuneſſe*, comme parle Jéremie, de n'avoir jamais mépriſé la grâce de vôtre vocation, Math. 16. 16 *de n'avoir rien crû de plus prétieux que vôtre Ame*, ny *reçû le ſalut en vain.* 2. Corinth. 6. 1. Nous vous loüons enfin de l'ardent amour, dont vous avez brûlé pour Jeſus-Chriſt; de ce qu'on vous a toujours vû inébranlable dans le tems de la tentation, toujours à l'épreuve des fauſſes joyes du ſiécle, toujours appliqué à faire du bien. Et vous, ô mon Dieu, daignez excuſer ma hardieſſe par les mérites & l'interceſſion de ce grand Saint. J'ay lieu de craindre d'avoir paſſé la meſure de mes forces en osant écrire sa vie, parce que je reconnois devant vous, que j'ay entrepris une chose à quoy je n'étois nullement propre. Car encore qu'il soit digne d'étre loüé, puisque c'est vous-méme, qui étes honoré par cette loüange, je ne laisse pas de reconnoître qu'elle ne vient pas bien de ma part, parce que *la loüange*, dit vôtre Prophéte, *sied mal dans la bouche d'un pécheur.* Eccl. 15. 9. *Que vos Saints* donc, selon l'Oracle de vos Ecritures, *vous bénissent Seigneur : que vos œuvres publient la grandeur de vôtre puissance.* Ps. 144. 10. Mais comme vos yeux découvrent les imperfections les plus cachées de vôtre Eglise, & que *les pierres*, selon le langage de vos Saints, *auront compassion de la terre*, nous vous supplions, grand Dieu, que les Saints qui sont les pierres de cet édifice spirituel par la solidité de leurs mœurs, & la fermeté de leur zéle, daignent jetter quelque regard sur nous, qui par la grandeur de nos péchez sommes vrayment cette mal-

Ps. 101. 15.

heureuſe terre. Qu'il nous ſoit permis à nous pecheurs, dépouillez du vêtement de la juſtice, d'embraſſer ces pierres ſolides & ſacrées, pour cacher nôtre nudité à l'ombre de leurs mérites. Que vôtre Serviteur, tourne donc vers nous cette compaſſion ſi tendre, que vous avez répanduë dans ſon ame. Que de ce haut degré de gloire, où vous l'avez placé parmi les Bienheureux, il daigne jetter les yeux ſur nos miſéres dans cette vallée de larmes, où il a ſi longtems combatu, & dont il a évité les écueils avec tant de gloire. Qu'il y écoute les priéres de tous ceux qui s'addreſſeront à luy ; & qu'il préſente aux piez de vôtre trône les néceſſitez de tout le monde. Nous vous le demandons, ô mon Dieu, au Nom de Nôtre-Seigneur Jeſus-Chriſt vôtre Fils, qui vit & qui regne avec vous dans l'unité avec le ſaint Eſprit dans tous les ſiécles des ſiécles. Amen.

VIII. *Le concours de monde qu'il y eût immediatemẽt aprez sa mort.*

La nouvelle de sa mort, comme il arrive ordinairement à celle des Personnes d'une grande considération, se répandit en un moment de tous côtez. Vous auriez vû accourir un monde infini, des troupes de Gentilshommes, une multitude innombrable de Paysans, & de Pauvres, quantité de Moines, & un grand nombre d'Ecclesiastiques. Tous fondoient en larmes, regrettant du fonds du cœur un Seigneur si bon & si accompli. C'étoit néanmoins une affliction pleine d'une consolation solide, & qui touchoit tous les cœurs d'un secret mouvement de se donner à Dieu, parce qu'ils n'ignoroient, pas combien le Comte qu'ils pleuroient, luy avoit été agréable par la sainteté de sa vie,

IX. *Une merveille, qui marque combien le St. avoit aimé la pudeur pendant sa vie.*

Aprez qu'on l'eût dèpouillé pour laver son Corps, Ragambert & les autres Officiers qui le faisoient, mirent ses deux mains sur sa poitrine. Mais dans l'instant le bras droit s'étendit de sorte, que la main se porta sur les parties que la pudeur oblige de couvrir ; & par ce moyen elles furent cachées. On crut dabord que la chose étoit arrivée par accident. On remit donc cette main sur la poitrine ; mais elle s'étendit de nouveau comme la premiére fois. La surprise des assistans fut grande, & pour se mieux assurer si ce mouvement avoit une cause extraordinaire, ils plierent le bras pour la troisiéme fois, & firent réjoindre les deux mains sur la poitrine, mais le bras droit se détacha de luy-méme comme auparavant avec une extréme violence, & la main alla encore faire la même fonction. Ceux qui étoient chargez d'envelopper le saint Corps, surpris de plus en plus, & épouvantez d'un événement si peu ordinaire, jugérent qu'il y avoit là quelque chose de divin. En effet, le Ciel montroit bien que GE'RAUD avoit eu toute sa vie une trés grande aversion de ce qui pouvoit blesser le moins du monde la pudeur. Ils se hâterent donc de couvrir son Corps. Cela ne fut pas sitôt fait que ses mains obeïrent & ne sortirent plus de leur place.

X. Son Corps est porté dans l'Eglise d'Aurillac.

SES OFFICIERS suivis d'une multitude innombrable de Peuple portérent ce saint Corps à Aurillac, comme il l'avoit ordonné, & le déposérent au côté gauche de son Eglise dans un Tombeau de pierre auprez de l'Autel du Prince des Apôtres.

MAIS IL EST TEMS de finir ce petit Ouvrage, qui pourroit déplairre non seulement par le défaut de politesse, mais encore par sa longueur. Que si l'on y trouve quelque chose qui satisfasse, on ne le doit attribuer qu'à la vertu & aux mérites du Bienheureux GE'RAUD. Comme au contraire, on ne doit imputer qu'à moy-même tout ce qu'on y trouvera de mal digeré ou de desagreable; & ce sera une occasion d'exercer la charité par la bonté qu'on aura pour moy. C'est ce qui fait que je prie instamment ceux qui voudront bien considérer, que j'ay été forcé par l'obeïssance, d'écrire la vie de ce grand Saint, de demander à celuy qui est le Juge des cœurs, de me pardonner les fautes que je puis avoir faites.

JE SÇAY BIEN qu'il pouvoit suffire au Comte GE'RAUD, que ce fidéle témoin qui est dans les Cieux, & auquel il avoit toujours tâché de plairre, l'eût récompensé dans le séjour des Bienheureux. Cependant Jesus-Christ, qui est ce témoin, veut bien manifester sur la terre la gloire que GE'RAUD posséde dans le Ciel, suivant cette parole de l'Ecriture : *Dieu produit ses témoins contre nous.* Car en effet, on peut dire, que quiconque garde fidélement les Commandemens de Dieu, porte témoignage contre nous, lors que nous ne les voulons pas observer, quoyque nous le puissions aussi bien que luy. Et pour ne parler que de ceux qui me ressemblent,

Job 10.17.

blent, dans quel ennuy ne tombons-nous pas, quand on nous applique à la lecture des Livres qui nous instruisent des pieux discours des Saints? quelle négligence n'avons-nous pas à suivre leurs exemples, tandis que nous écoutons avec avidité les vains discours & les entretiens inutiles qui roulent sur les affaires du siécle? Ne faisons-nous pas voir par une telle conduite, que nous sommes vrayment du nombre de ceux dont parle l'Apôtre, *qui détournent leurs oreilles de la vérité, pour les ouvrir à des fables.* C'est donc pour arrêter les mauvais effets de cette funeste létargie, ou pour réprimer les monstrueux excez ausquels nous nous abandonnons, que Jesus-Christ le Maître & le Roy des siécles, produit de nouveau ce témoin contre nous, & le rend illustre par un grand nombre de Miracles, afin que si nous fermons les yeux aux grands exemples de vertu que les Saints des siécles passez nous ont laissez, nous

2. Timoth. 4. 4.

les ouvrions du moins à l'éclat de la ſainteté de cet homme, comme à une lumiére qui eſt plus prez de nous; car c'eſt de nôtre tems qu'il a donné l'exemple d'une parfaite fidélité à la Loy de Dieu. Mais le malheur eſt, que le ſouvenir des Perſonnes qui ſont mortes, s'éffaçant bientôt de nôtre memoire nous oublions ce grand exemple ; & ne faiſant pas aſſez de réflexion à la récompenſe qui luy reſte de ſes bonnes œuvres, nous n'avons nulle ardeur pour les imiter. C'eſt néanmoins pour nous y porter, que Dieu opére les Miracles que nous voyons, car nous comprenons par là à quelle gloire il l'a élevé ; & en même tems à la vûë de ces prodiges nous ſommes excitez à repaſſer dans nôtre eſprit les actions qui la luy ont méritée, & à les imiter avec dautant plus de zéle qu'elles ſe ſont paſſées preſque ſous nos yeux. Mais rapportons quelques-uns des Miracles que ce Dieu Tout-puiſſant a faits par les mérites de saint GE'RAUD, & choisissons ceux que la raison & le bon sens ne peuvent s'empêcher de reconnoître pour véritables.

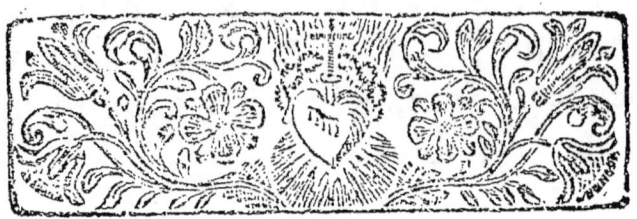

LA VIE DE S. GERAUD COMTE D'AURILLAC.

LIVRE QUATRIE'ME.

I. *Divers Miracles aprez la mort du Saint.*

LE DIMANCHE aprez cette bienheureuse Mort, le Corps du Saint fut porté, comme nous l'avons déja dit à Aurillac, suivi d'une prodigieuse multitude de Peuple. Les Prêtres étant en priéres pendant la nuit auprez du Corps, un Gentilhomme appellé Gibbon, qui avoit une Fille attaquée du mal caduc, la mit sur le cercueil du Saint, & dés ce moment elle fut parfaitement délivrée de cette fâcheuse infirmité. Sa mere vit encore; & la Fille elle-même est un témoignage continuel du miracle, n'ayant plus depuis senti aucune atteinte de ce mal.

Une Fille est guérie du mal caduc.

II. *Un homme l'est d'une Paralysie.*

UN HOMME nommé Grimalde, qui demeuroit à la campagne, crût faire effort pendant le sommeil pour arracher le dessus du cercueil de GE'RAUD; & s'éveillant là dessus il se trouva perclus des deux bras depuis les coudes jusqu'aux mains, en sorte qu'il ne luy étoit pas possible de s'en servir. Il demeura environ quinze jours en cet état, jusqu'à ce qu'étant venu faire ses priéres au Sépulchre du Saint, il fut à l'instant guéri.

III. *Une lunatique cesse*

LA SERVANTE d'un homme appellé Lambert étoit lunatique, &

de l'être. fut avertie en ſonge d'aller faire ſa priére au Tombeau du Saint : elle en parla à ſon Maître, qui dans la crainte qu'il n'y eût de la tromperie, & ne voulant pas s'expoſer ſur une viſion de cette eſpéce, à une démarche qui pourroit n'être pas ſuivie du ſuccez, luy défendit d'y plus penſer. Cette Fille ayant eu encore deux fois la même viſion depuis ce temslà, preſſa ſi fort ſon Maître qu'il la laiſſa aller. Elle vint donc au Tombeau du Saint, & aprez y avoir paſſé la nuit en priéres, elle s'en retourna parfaitement guérie.

IV. *Choſe remarquable arrivée dãs le Cimetiere d'Aurillac.*

AU DEVANT de la Chapelle ſouterraine où étoit le Corps du Saint, & dans le Cimétiére on remarqua un petit eſpace en rond couvert de gaſon, & tout à l'entour comme une bordure où il n'y avoit point d'herbe, & dont la terre ſe mettoit en pouſſiére. Ceux qui paſſoient par le Cimétiére en étoient ſurpris, parce qu'ils ſçavoient que cette bordure n'étoit faite ni à deſſein ni par aucune bête, qui eût foulé cette terre. La premiére fois que cela fut apperçu, ce fut pendant quelque tems ſeulement, aprez quoy on ne le remarqua plus. Mais l'année ſuivante dans l'été, on vit au même endroit ce cercle de gaſon plus grand, & la bordure ſans herbe, & d'une terre qui ſe mettoit en pouſſiére. Le troiſiéme été & conſécutivement pendant pluſieurs années dans la même ſaiſon il en fut de même; en ſorte néanmoins que le gaſon s'étendoit toujours davantage juſqu'à garnir enfin de verdure la platebande. Il y a eu des perſonnes qui ont crû que ce gaſon & cette verdure pouvoient figurer la ſolide réputation de ſaint GE'RAUD toujours animée & ſoutenuë par la ſainteté de ſa vie. Que l'accroiſſement que ce gaſon recevoit tous les ans marquoit le progrez qu'à eu cette réputation; que les Peuples, où elle s'eſt répandue, pouvoient être figurez par cette terre ſans verdure comme étant ſans bonnes œuvres, & semblables à une terre stérile ; & qu'enfin la fécondité s'est communiquée jusqu'à eux, parce que les exemples de sainteté qu'ils ont trouvé dans GERAUD les ont rendu une terre fertile en leur faisant imiter ses vertus. Car en effet, on voit plusieurs personnes, aprez avoir été à son Tombeau & y avoir fait leurs présens, s'en retourner convertis & changer de vie. Au reste, si c'est là ce que Dieu a voulu marquer par cet événement, Dieu seul qui dispose de toutes choses le peut sçavoir ; pour nous, nous n'avons pas laissé d'y donner une explication, assuré qu'il n'arrive rien dans le monde que Dieu ne rapporte à quelque fin & qui n'ait quelque utilité.

V.
Vision d'un saint Ecclesiastique aprez la mort de S. Gérand.

UN ECCLESIASTIQUE de Rhodez, qui passe pour homme de bien, a eu une vision qui est telle que je vais dire, si l'on doit ajouter foy aux songes. Il vit un lieu fort élevé, rempli d'une éclatante lumiére à laquelle on arrivoit par quatre degrez. Au premier, il y avoit un balustre de fer : au second un d'airain : au troisiéme un d'argent ; & au quatriéme un d'or. Il vit en même tems arriver auprez du premier de ces degrez deux hommes dont le visage & l'habit étoient fort éclatans. Ils étoient suivis de deux autres, qui en conduisoient un troisiéme par la main. L'Ecclesiastique entendit alors une voix qui luy disoit, que les deux premiers qu'il avoit veus étoient saint Paul & saint Martial : les deux autres saint Pierre & saint André ; & le troisiéme qu'ils tenoient par la main saint GE'RAUD. Il n'avoit jamais connu le saint Comte ; mais comme il en faisoit le portrait, ceux qui l'avoient veu le reconnurent. Tous ces hommes vénérables étant donc arrivez au premier degré, chantérent comme une espéce de Pseaume, aprez lequel saint Pierre ayant dit la Collecte ou l'Oraison, les autres répondi-

rent : *Amen*. Ils en firent de même au second : au troisiéme ; & enfin au quatriéme degré. Alors tous étant debout, saint Pierre monta seul jusqu'à ce lieu si éclatant, où s'étant prosterné il adora Dieu quelques momens. Il se leva ensuite, & se prosterna jusqu'à trois fois. Dans ces entrefaites une voix qui paroissoit sortir du milieu de cette lumiére, se fit entendre, & demanda à cet Apôtre ce qu'il vouloit. A quoy saint Pierre répondit : „ Seigneur,
„ je vous demande qu'il vous plaise
„ faire miséricorde à vôtre Serviteur
„ GE'RAUD. En méme tems on vit un homme qui tenoit dans ses mains un Livre où il paroissoit lire la vie de nôtre Saint. Quoyque la lecture durât quelque tems, l'Ecclesiastique ne pût entendre que ces paroles de l'Ecriture : *Qui a pû transgresser les préceptes & ne les a pas transgressez ; qui a pû faire le mal & ne l'a pas fait*. Alors cette voix dit à l'Apôtre : „ Faites de luy ce que

Ecclef. 31. 10.

„ que vous voudrez. Et en même tems celuy qui parloit mit en la main de saint Pierre comme un sceptre, luy permettant de le donner à GE'RAUD. L'Ecclesiastique entendit la voix qui proféroit ces paroles, mais il ne vit que le sceptre. S. Pierre aprez cet entretien, rempli d'une sainte allegresse, revint vers le lieu où tous ces Saints l'attendoient, qui paroissoit comme un escalier lumineux, qui de la terre touchoit au Ciel, prenant par la main GE'RAUD, cet homme chéri de Dieu, & le conduisant par tous ces degrez, on l'entendit entonner le *Te Deum* d'une voix élevée; & continuant ainsi ce Cantique, ils montérent tous au ciel avec luy. Voicy un autre miracle qui se fit à son Tombeau.

VI. *Le Cercueil du Saint s'éleve de terre.*

SEPT ANS aprez sa mort, le Cercueil qu'on avoit couvert d'une terre pressée & foulée avec les pieds jusqu'au milieu du linge qui étoit par dessus, s'éleva insensiblement sur cette terre, sans que celle qui étoit autour parut ni s'abbaisser ni s'élever. Les Moines ne s'en apperçurent point. Il arriva qu'un Ecclesiastique du Diocése de Limoges, étant venu à Aurilac, leur demanda si le Cercueil du Comte GE'RAUD étoit entierement élevé de terre. Il ajouta qu'il avoit été averti en songe d'aller sur le lieu, parce que le Cercueil commençoit à paroître. Les Moines surpris de ce discours, allérent au Tombeau du Saint avec cet Ecclesiastique; & ayant ôté la toile dont il étoit couvert, le trouvérent dant la situation où cet Ecclesiastique l'avoit vû en songe; c'est à dire plus élevé que la terre dont il avoit été couvert. Aujourd'huy il paroit encore beaucoup plus élevé. Quiconque examinera bien les circonstances de cet événement y trouvera quelque chose d'une vertu divine. Aussi fut ce depuis ce tems là qu'il se fit beaucoup de Miracles au Tombeau du Saint.

VII. *Un estropié recou-*

LE JOUR de la Circoncision de Nôtre-Seigneur, un Vassal nômé Adral, de, fit faire toute la nuit dans sa maison le feu des Sorciers. Les démons fondirent sur le feu dans le tems qu'on si attendoit le moins, & maltraitérent si fort deux hommes qui le gardoient, qu'ils tuérent l'un, & estropiérent l'autre, de sorte qu'il fut hors d'état de gagner sa vie. Celui-cy mendiant son pain fut porté à Aurillac ; & comme il y resta quelque tems en cet état, demandant l'aumône ; il y eût des hommes emportez, qui eurent la témérité de dire, que si son incommodité duroit, c'est qu'au Tombeau du Saint il n'y avoit aucune vertu ni aucune puissance pour le guérir. De tels discours obligérent donc les Moines de sonner les cloches, de se mettre en priéres, & d'y persévérer. L'estropié conjuroit cependant ceux qui étoient autour de luy de le porter au Tombeau du Saint ; ce qui ayant été fait, il y fit sa priére, & luy demandoit de le guérir. Peu aprez il se leva ayant recouvré l'usage de tous ses mem-

vre l'usage de ses membres.

bres, & fut aussitôt parfaitement guéri. Depuis il se fit beaucoup de Miracles au Tombeau du Prince ; & l'opinion de sa sainteté se répandit de plus en plus par tout. Que si quelqu'un formoit quelque doute sur ces guérisons miraculeuses, il pourroit s'en éclaircir par ses propres yeux, car il s'en fait encore tous les jours. Il pourroit s'assurer des Miracles qu'on raconte, par ceux qu'il verroit qui se font encore. Nous en supprimons un grand nombre de ceux que la divine bonté a opérez sur divers malades & en diverses occasions, pour éviter la longueur. Nous avons cru néanmoins en devoir rapporter quelques-uns, pour rendre témoignage à la gloire de GE'RAUD, & afin qu'on ne nous impute pas d'avoir à dessein passé sous silence ses miracles.

VIII. *Un Miracle de la vraye Croix.*

NOUS AVONS déja remarqué, qu'il eut soin pendant sa vie de rassembler beaucoup de Reliques qu'il fit porter à Aurillac : qu'il avoit cela extrémement à cœur ; & que

Dieu luy avoit accordé un don tout particulier pour gagner ſur l'eſprit des gens ce qu'il leur demandoit. Entre plusieurs de ces prétieuſes Reliques on en voit une du bois de la Croix du Sauveur, qui a un effet que des fréquentes expériences ont rendu conſtant ; c'eſt que ſi l'on porte ce Bois ſacré à cheval, cet animal meurt bientôt aprez. Ainſi lors qu'il eſt ordonné par Juſtice qu'on fera un jurement ſolemnel ſur cette Relique, ou que des contractans veulent confirmer par un ſerment de cette nature l'engagemnt réciproque qu'ils prennent dans des affaires importantes, & qu'on ſe fait apporter à ce deſſein cette Relique, le Moine ou l'Eccleſiaſtique qui en eſt chargé fait le chemin à pié & non à cheval. Tout parjure, ſur ce Bois ſacré, devient épileptique. Il y en a pluſieurs exemples. Les habitans de cette contrée étoient naturellement groſſiers & féroces ; mais on remarque que les exemples de douceur

& de bonté que leur a donné le saint Comte les a en quelque maniére civilisez & les a rendus beaucoup plus doux.

IX. *Un sourd, muet, & estropié est gueri.*

ON VOIT des gens si malins & si téméraires, que ne pouvant contester les Miracles qui se font tous les jours par l'intercession de saint GE'RAUD, les attribuent non à ses mérites, mais à la vertu des prétieuses Reliques dont il a enrichi l'Eglise d'Aurillac. Pour nous, qui avons examiné les choses de plus prez, nous estimons que ces guérisons miraculeuses se font de telle sorte par la vertu de ces Reliques, que les mérites de nôtre Saint y ont beaucoup de part. Les circonstances dont elles sont accompagnées ne permettent pas d'en douter. Car en effet, il s'est apparu plusieurs fois aux Malades; & c'est principalement sur son Tombeau qu'elles se font, comme il arriva au Fils de Jean Vicomte d'Auvergne qui étoit sourd, muet, & estropié d'une main,

main. Il fut conduit par son Père sur le Tombeau de saint GE'RAUD, où prosterné par terre il fit sa priére. A minuit il sortit tout d'un coup du sang de ses oreilles : sa main se redressa : il l'étendit & s'en servit pour embrasser son Pere ; & sa langue se déliant, ses premieres paroles furent de luy demander du pain. Le Vicomte rendit hautement grâces à Dieu en remplissant l'Eglise de crys de joye, & donna une de ses Terres au Tombeau du Saint. Nous rapportons dautant plus volontiers cet exemple, que la chose arrivée à un Seigneur d'un si haut rang, a été connue d'un grand nombre de persônes. D'abord les MOINES d'Aurillac eurent soin de recueillir ces MIRACLES, & plusieurs autres de différente espéce. Mais le nombre en devint enfin si grand, qu'on ne jugea pas qu'il fut necessaire d'en marquer davantage.

ONVOYOIT à Aurillac un epistyle ou le chapiteau d'une co- X. *Malades gueris en baisant une pierre qui servoit au Comte à monter à cheval.*

lomne qui servoit au saint Comte à monter à cheval. Il arrivoit souvent que les Malades qui alloient baiser cette pierre à l'honneur du Saint recouvroient la santé. Ce qui a fait, que les Moines l'ont transportée dans l'Eglise, & l'ont couverte d'une nappe à la maniére d'un Autel.

XI.
Plusieurs punis d'avoir profané une Table sur laquelle ce Saint mangeoit ordinairement.

L'HOMME DE DIEU avoit une maison assez prez d'une petite Ville, que les Paysans appellent Mulsedon. Il y avoit dans cette maison une Table qui avoit servi au Saint pour ses repas, que quelques habitans de cette Ville résolurent de faire porter chez eux; ce qu'ils firent dans le dessein de s'en servir à manger. Ceux qui la portoient la posérent par hazard devant une maison. Quelqu'un s'étant couché dessus à l'heure de midy perdit tout à coup la veüe, & le jugement. Un chien même qui se frottoit à cette Table tomba à l'instant perclus de tous ses membres. Comme cela ne leur ouvroit pas les yeux, un autre homme se jetta sur cette Table & devint aveugle dans le moment. Alors ils comprirent que c'étoit la profanation qu'ils faisoient de cette Table santifiée; en quelque sorte, par l'usage que le Saint en avoit fait, qui causoit tous ces malheurs. Ils la portérent donc couverte d'un linge dans l'Eglise voisine de saint Martin où l'on la voit encore aujourd'huy suspendue.

XII. *Plusieurs autres choses surprenantes.*

UN PRE'TRE faisoit de même un repas avec quelques-uns de ses amis sur une autre Table qui avoit servi à saint GE'RAUD dans un Bourg appellé Vaxia; comme ils railloient en mangeant, suivant la coutume pratiquée entre amis, & qu'ils disoient bien des plaisanteries, ils se trouverent saisis tout d'un coup d'une si grande frayeur, que laissant là toutes ces railleries, ils furent ailleurs continuer leur repas, & portérent la Table auprez d'un Oratoire qu'on avoit dressé dans un endroit où l'on arrêta le Cercueil lors qu'on transporta ce saint Corps. Les habitans du pays y firent bâtir cet Oratoire, s'étant apperçûs que les bestiaux qui alloient paître l'herbe sur cet endroit paroissoient dabord aprez comme enragez, & que quelques-uns-méme en mouroient. Il s'est fait beaucoup de guerisons miraculeuses dans cet Oratoire. Il arriva encore en cet endroit une chose surprenante & qui paroitroit incroyable si l'effet ne la rendoit certaine. Car depuis ce tems là il est sorti dans ce même lieu une fontaine qui donne aux voyageurs de l'eau pour se rafraîchir & se desaltérer.

XIII. *Le Saint apparoit à un Seigneur & luy prédit sa mort.*

RAYNAUD que le S. Comte, qui se défioit de sa sincérité, avoit crû devoir engager par un serment, comme nous l'avons dit, oubliant sa promesse, fatiguoit avec ses gens, les serviteurs que S. Géraud avoit léguez au Monastére pour faire le travail de la campagne. Parmi toutes ces insultes ces bõnes gens n'avoient d'autre refuge que d'invoquer sans cesse le nom du

S. Comte. Une nuit Raynaud crût le voir auprez de luy, qui luy demandoit de garder la foy de son serment, & l'avertissoit en même tems de laisser en paix les serviteurs du Monastére. S'étant éveillé il raconta la vision à sa Femme, qui luy conseilloit de tenir son serment, & de profiter de l'avertissement qu'il venoit de recevoir. Il fut fâché dans le moment de la conduite qu'il avoit tenuë, & comme il dit aussi à ses gens ce qu'il avoit vû en songe, il leur défendit, mollement néanmoins, d'inquiéter à l'avenir ces serviteurs qui avoient été à saint GE'RAUD durant sa vie. Mais cela ne dura pas longtems, car peu de jours aprez ces pillards continuérent leurs rapines ordinaires. Raynaud, qui étoit porté au mal, au lieu de les arrêter, les laissoit faire sans rien dire. Quoyqu'il fut parent du saint Comte, il étoit bien éloigné d'imiter sa piété. Aussi saint GE'RAUD luy apparut-il de nouveau avec de terribles ménaces, luy reprochant en colére les maux qu'il faisoit à ses serviteurs au lieu de tant de bienfaits qu'il avoit reçûs de luy, il le frappa même sur la tête, & luy prédit qu'il mourroit bientôt.

XIV. *Un Seigneur possedé du démon en est délivré.*

IL Y AVOIT EN ALLEMAGNE un homme de qualité possédé du démon. Ses Parens & ses Chevaliers l'avoient conduit en plusieurs lieux de piété renommez par la quantité de Reliques qu'il y avoit, pour tacher d'obtenir sa guérison par l'intercession de ces Saints. Mais le dispensateur de tout bien qui vouloit relever la gloire de saint GE'RAUD luy reservoit la guérison de ce Seigneur. On ne connoissoit pas encore dans ce pays là la réputation de saintteté qu'avoit le Comte. Ce Seigneur donc ayant été conduit dans un de ces saints Lieux les démons se mirent à crier de toute leur force, qu'ils ne sortiroient jamais de ce corps que par l'intercession du Bienheureux GE'RAUD. Les Parens de ce possédé alloient de tous côtez pour s'informer en quel pays étoit ce Saint. Ils apprirent enfin quelle étoit la Province & la Ville. Ils se rendirent donc en diligence à Aurillac ; & ne furent pas sitôt sur le Tombeau du Saint, que ces malheureux esprits heurlans effroyablement, proférérent ces paroles étonnantes par la bouche du possédé. O GE'RAUD *pourquoy nous insultez-vous ainsi ? pourquoy augmentez-vous nos peines par les prodiges que vous faites.* A ces mots ce Seigneur tomba par terre & vomit avec le sang ces maudits hôtes ; en sorte que dés ce moment il se trouva parfaitement délivré,

FIN.

TABLE DES ARTICLES.

LIVRE PREMIER.

LIVRE SECOND.

LIVRE TROISIE'ME.

LIVRE QUATRIEME

Fin de la Table des Articles.

MEDITATION SUR LES PRINCIPALES VERTUS DE SAINT GÉRAUD.

I. PRÉLUDE. *Représentez-vous S. Géraud, qui vous dit comme S. Paul :* Soyez mes imitateurs.

II. PRÉLUDE. *Demandez à Dieu la grâce d'imiter dans S. Géraud l'esprit de Religion, l'esprit de Mortification, l'amour des Pauvres, & la constance dans les afflictions.*

I. POINT.

Que S. Géraud a été un Prince religieux & craignant Dieu.

CONSIDE'REZ, que la crainte de Dieu entra dans le cœur de S. Géraud dés ſa premiére jeuneſſe, & y jetta de ſi fortes racines qu'elle le garantit du péché dans les tentations les plus dangereuſes. Sa qualité de Prince ne luy fit jamais oublier la dépendance où il étoit de Dieu. Il ſe mit au deſſus des loix & des maximes du monde, pour former ſa conduite ſur l'eſprit & les régles de l'Evangile. Il eût Dieu devant les yeux tous les jours de ſa vie & dans toutes ſes actions. Il ne chercha qu'à luy plairre & à garder ſa loy. Il évita avec un grand ſoin juſqu'aux plus petits péchez. Les ſaintes lectures, l'Oraiſon, & la divine pſalmodie rempliſſoient une grande partie de sa journée. Avec quel respect, & quelle sainte frayeur ne se tenoit-il point dans l'Eglise ? Avec quelle application n'assistoit-il point à l'Office ? Quelle perseverance n'avoit-il point dans la priére ? il y étoit comme immobile sans s'asseoir, sans s'appuyer. Quel zéle n'eût-il point pour établir une Maison sainte où les loüanges de Dieu fussent chantées la nuit & le jour ? Vous auriez cru en le voyant, dit S. Odon, qu'il contemploit quelchose de divin. Telle a été sa piété. Interrogez-vous sur la vôtre. Cet esprit de Religion a-t'il fait de semblables progrez en vous ? La crainte de Dieu vous a-t'elle retenu dans les pas glissans où vôtre jeunesse vous a exposé ? est elle encore présentement assez avant dãs vôtre cœur pour vous faire éviter le péché ? par quelles maximes vous conduisez-vous ? est-ce par celles du monde ou par celles de l'Evangile ? Avez vous Dieu toujours devant les yeux pour ne chercher qu'à luy plairre & à garder ses Commandemens ? Imitez-vous le recueillement & l'application à Dieu qu'avoit S. Géraud dans la priére ? est-ce vôtre cœur qui prie ou seulement la langue ? vous tenez-vous dans l'Eglise avec un respect convenable à la Majesté infinie que vous y allez adorer. Quelle confusion pour moy de me trouver à la vûë de S. Géraud infiniment éloigné de l'esprit de religion qu'il a fait paroître dans toute sa conduite ! O grand Saint, demandez à Dieu pour moy cette foy qui en a été le principe ; une foy vive touchant la dépendance continuelle où je suis de Dieu ; la foy des veritez de l'Evangile & de la sainteté de nos Mystéres ; une foy qui me fasse craindre Dieu & marcher continuellement en sa présence ; une foy enfin animée de cette charité qui méprise le monde pour n'aimer que Dieu. Comment se peut-il faire que je ne craigne pas vos jugemens, ô mon Dieu ? Imprimez de grâce vôtre crainte dans mon cœur afin qu'elle me serve de guide, & que je deviênne comme saint Géraud, un homme vrayment religieux & craignant Dieu.

II. POINT.

Du soin que S. Géraud eût de modérer ses passions.

CONSIDE'REZ, que S. Géraud n'a point écouté l'orgueil au milieu des grands avantages qui pouvoient le luy inspirer. Il étoit Prince, & se trouvoit dans sa premiére jeunesse avec des biens proportionnez à sa haute naissance; d'ailleurs vigoureux & robuste, & merveilleusemẽt adroit à tous les exercices propres de la Noblesse. Dans une situation si flateuse pour l'amour propre, il ne s'éleva point au dedans de luy-même, mais il demeura dans la soumission qu'il devoit à Dieu. Ayant la facilité qu'ont les Grands, de satisfaire ses passions impunément, il n'en abusa pas. Il aima la chasteté, la préfera au mariage, & la garda jusqu'au tombeau; si rigoureux envers luy-même qu'il fit une trés rude pénitence pour s'être exposé une seule fois au danger de perdre cette vertu, quoy que la miséricorde de Dieu l'eût préservé de succomber à la tentation. Il fut maître de sa colére, & pardonna si parfaitement les injures qu'il ne consulta jamais son ressentiment particulier. S'il prit les armes ce ne fut qu'aprés avoir tenté les voyes de douceur, & seulement pour défendre ses Vassaux de l'injustice de ses voisins, attentif alors même à ne pas répandre le sang, jusque là qu'il commandoit aux siens de combattre sans présenter la pointe de l'épée; générosité que Dieu récompensa toujours de la victoire. Les vivres luy ayant manqué à la guerre, il aima mieux souffrir cette disette, que de permettre aux siens aucune sorte de pillage;

& ce trait de bonté & de justice le fit distinguer des autres Seigneurs de l'armée par le surnom de *Bon*. Il fut bien éloigné d'usurper sur ses voisins; il le fut méme de s'agrandir par les voyes permises & legitimes; content des Terres & des Domaines qu'il avoit reçûs de ses Ayeux, il les laissa en mourant sans les avoir jamais augmentez. C'est ainsi que ce grand Saint travailla toute sa vie à moderer ses passions, devenu en cela un grand modéle de la vie chrêtienne, dont l'essence & la perfection consiste dans le renoncement au monde & à soy-même, que nous avons promis dans le bâtéme. Mais pour vous, quel soin avez-vous de mortifier vos passions? n'abusez-vous point de la facilite que vous avez de les satisfairé? Peut-on dire de vous comme de S. Geraud: Il a pû transgresser la loy de Dieu, & ne l'a pas transgressée: il a pû faire le mal & ne l'a pas fait? Voyez si vous n'avez point donné entrée dans vôtre cœur à l'orgueil: si la noblesse de vôtre extraction, les avantages du corps & de l'esprit, ou les biens de la fortune ne vous ont pas donné occasion de vous élever en vous-même & de mépriser les autres ? Voyez si vous avez gardé le prétieux trésor de la chasteté, & si aprés avoir fait des fautes contraires à cette vertu, vous les avez expiées par une rigoureuse pénitence ? Examinez-vous sur les saillies de la colére, & ne vous flattez pas de parvenir jamais à la douceur chrêtienne, si vous ne prenez soin de les reprimer, & d'etouffer l'esprit de vengeance. Oh qu'il y a peu de personnes qui ayent pris le dessus sur leurs passions ! du moins à la vûë de ce rare exemple, faites aujourd'huy la résolution de les combattre, & priez S. Géraud de vous aider dans ce combat.

III. POINT.

De l'amour de S. Géraud pour les Pauvres,

CONSIDE'REZ, que S. Géraud a donné une grande preuve de la ſoy dans l'amour qu'il a eu pour les Pauvres. Loin de les mépriſer ou de les rebuter, de les oublier, ou d'avoir pour eux de l'indifference, comme font les riches orgueilleux, il les a aimez, & s'eſt rendu ſenſible à leurs maux. Par un effet de ſon attention à leurs beſoins, il mettoit à part la neuviéme partie de ſes revenus, & l'employoit à nourrir les Pauvres dans quelques-unes de ſes Maiſons, & à les vêtir. Mais ſa charité ne ſe bornoit pas là, ni non plus à faire donner l'aumône à tous ceux qui ſe préſentoient à la porte de ſon Palais, il les faiſoit encore entrer dans ſa Maiſon, où il y avoit toujours des ſiéges préparez pour eux, bien perſuadé qu'il recevoit & qu'il honoroit Jeſus-Chriſt en leur perſonne : il leur faiſoit dreſſer des tables en ſa préſence, voulant voir la qualité & la quantité de viandes qu'on leur donnoit : il les leur diſtribuoit de ſa propre main : il examinoit & goûtoit la boiſſon qu'-

on leur servoit, il leur envoyoit même de la sienne pour en prendre avant luy, & la moitié du pain de sa table. Enfin, il estimoit si fort la pauvreté, qu'à l'exemple de celuy, qui étant riche s'est fait pauvre, comme dit S. Paul, pour nous enrichir, il luy est arrivé quelque-fois de se ranger au nombre des Pauvres à qui il faisoit distribuer l'aumône, & de la recevoir avec eux. Voilà les sentimens que S. Géraud avoit au milieu de l'abondance & des richesses que sa Naissance luy avoit données. Un riche ainsi disposé, est riche selon Dieu : les maledictions si souvent prononcées contre les riches dans l'Evangile ne sont pas pour luy, mais au contraire, il est du nombre de ceux à qui Jesus-Christ dira au jour du grand Jugement : *Venez les bénis de mon Pere, recevez le Royaume qui vous est préparé, parce que j'ay eu faim & vous m'avez donné à manger, &c.* Comment profitons-nous d'un si grand exemple ? & premierement comment nous acquitons-nous du Commandement de l'Aumône ? car c'eſt un commandement non pas un conſeil ? Imitons-nous S. Géraud, qui mettoit à part une certaine partie de ſon revenu pour ſatisfaire à cette obligation ? C'eſt ainſi que le faiſoient les premiers Chrétiens, dont il eſt dit dans les Actes des Apôtres, que chacun mettoit à part pendant la ſemaine ce qu'il vouloit donner pour ſon aumône le Dimanche. Mais peut-etre nos facultez ne nous le permettent-elles pas ? Eh bien dans ce cas là, ayons du moins des entrailles de compaſſion pour les Pauvres : demandons au Pere Céleſte qui nourrit les oyſeaux du Ciel, & qui revêt les fleurs de la terre, de pourvoir à leurs beſoins ; aſſiſtons-les comme nous pouvons ; ne fut-ce qu'en leur donnant un verre d'eau froide, ſelon l'expréſſion de l'Evangile, ou en les ſoulageant par quelque petit ſervice, aſſurez que cela même ne demeurera pas ſans récompense, & que si nous avons été miséricordieux, nous recevrons nous-mêmes misericorde. Examinez-vous sur tous ces devoirs. N'avez-vous pas à vous reprocher d'avoir oublié les Pauvres, d'avoir fermé les yeux sur leurs besoins lors même que vous le pouviez assister ? Avez-vous été bien persuadé de cette importante vérité, que c'est Jesus-Christ même qu'on sert & qu'on soulage en la personne des Pauvres ? Oh ! si vous étiez pénétrez de cette pensée, comme l'a été S. Géraud, vous seriez tendre & compatissant envers eux, & vous ne perdriez aucune occasion de les soulager. Entrez dans cette disposition à l'avenir.

IV. POINT.

De la constance de S. Géraud dans les afflictions.

CONSIDE'REZ, que S. Géraud a été éprouvé par les afflictions, & que comme Job & Tobie il a été fidéle à Dieu dans cette épreuve. Il y a des perſonnes qui s'adonnent aſſez facilement à la vertu quand elles ſont portées par le doux ſouffle de la proſperité & des conſolations, mais qui n'ayant point de racines ſont ébranlez par les vents orageux de l'adverſité. Il n'en fut pas ainſi de S. Géraud. Il fut toujours égal à luy-même, toujours veritablement chrêtien; humble dans l'élevation, & ſoumis à Dieu dans l'humiliation & l'abbatement. Etant devenu aveugle dans le tems de ſa jeuneſſe, ce qui dura un an, il ne ſe laiſſa pas abbatre par une triſteſſe exceſſive, mais il s'humilia ſous la main toute-puiſſante de Dieu qui le puniſſoit de ce qu'il s'étoit expoſé au danger manifeſte de perdre la chaſteté. Il reconnut ſa trés grande miſericorde qui le châtioit en cette vie pour ne le pas châtier en l'autre; enfin il forma de ſorte la réſolution de s'attacher au ſervice de Dieu qu'il y perſevera toute ſa vie. Sept ans avant ſa mort, ayant une ſeconde fois perdu la vûë, cette affliction, comme un feu divin, le purifia de toute la rouille qui pouvoit luy reſter, & de tout attachement aux choſes de la terre. Deſlors il ſe regarda comme dans un lieu d'exil : il ne ſoupira plus que pour le Ciel ; & il y fit ſa demeure, à l'exemple de l'Apôtre, de cœur & d'eſprit, quoyque ſon corps fut encore ſur la terre. Il il eût pendant ſa vie d'autres afflictions auxquelles il fut trés ſenſible, mais ſon principal recours dans ces occaſions fut toujours à la priére. Auſſi dans une occaſion de cette nature, qui affligeoit ſa Sœur Avigerne auſſi bien que luy : „ Pourquoy ma „ Sœur, luy dit-il par maniére de „ reproche, ne priez-vous pas „ pour cette affaire ? certainement „ ou nôtre foy eſt bien foible, ou „ nous ne méritons pas d'être exaucez. On le vit enſuite plus appliqué à la priére & plus fervent dans ſes exercices. Voilà veritablement cet homme Juſte, dont parle ſaint Paul, qui vit de la Foy. Peut-être Dieu vous fait-il part de la Croix auſſi bien qu'à ſaint Géraud, mais la recevez-vous avec des ſentimens pleins de foy comme luy. La regardez-vous comme un juſte châtiment de vos péchez, & néanmoins comme un effet des deſſeins de miſericorde que Dieu a ſur vous? Excite-t'elle en vous des ſentimens de pénitence, de confiance en la bonté paternelle de Dieu, de ſoumiſſion à ſa volonté & de patience? Vous rend elle plus aſſidu à la priére & plus fervent? Si ce ſont là vos diſpoſitions, vous ſouffrez comme un élu, comme les Saints ont ſouffert; & vous ſortirez de la fournaiſe des afflictions plus pur que vous n'y étes entré. Elles ſeront pour vous un ſigne de prédeſtination. Mais ſi en ſouffrant vous ne baiſez pas la main qui vous frappe, ſi vous n'adorez pas la Providence qui l'ordonne ainſi, ſi vous ne vous adressez pas à Dieu par la priére, vous souffrez comme les reprouvez, Dieu ne vous tiendra pas compte de vos souffrances. O mon Dieu ! vous étes juste & vos jugemens sont équitables. Je reconnois que j'ay merité l'affliction que vous m'avez envoyée ; mais, ô le Pere de mon ame, en me chatiant, vous voulez me purifier de la crasse de mes mauvaises habitudes, vous voulez me sauver & non pas me perdre. Je consens donc à tout ce qu'il vous plairra me faire souffrir pendant cette vie mortelle, maladie, perte de procez, persécution d'un ennemi, &c. pourvû que vous me traitiez favorablement en l'autre vie.

LITANIES DE S. GÉRAUD PATRON D'AURILLAC, En Latin & en François.

KYrie eleiſon.
Chriſte eleiſon.
Kyrie eleiſon.
Chriſte audi nos.
Chriſte exaudi nos.
Pater de Cœlis Deus, Miſerere nobis.
Fili Redemptor mundi Deus, Miſerere nobis.
Spiritus ſancte Deus, Miſerere nobis.
Sancta Trinitas Unus Deus, Miſerere nobis.
Sancte GERALDE, Ora pro nobis.
Sancte Chriſti Confeſſor, ora pro nobis.
Sancte Virginis Matris cultor, ora pro nobis.
Regum ſtirpe genite, ora pro nobis.
Princeps Arvernorum, ora pro nobis.
Decus Regni Gallici, ora pro nobis.

Seigneur, ayez pitié de nous.
Jesus-Christ, ayez pitié de nous.
Seigneur, ayez pitié de nous.
Jesus-Christ, écoutez-nous.
Jesus-Christ, exaucez-nous.
Pere Celeste qui étes Dieu, ayez pitié de nous.
Fils Rédempteur du monde qui étes Dieu, ayez pitié de nous.
Esprit saint qui étes Dieu, ayez pitié de nous.
Trinité sainte qui étes un seul Dieu, ayez pitié de nous.
Saint GE'RAUD, priez pour nous.
Saint, Confesseur de Jesus-Christ, priez pour nous.
Saint, vray dévot de la Vierge Mere, priez pour nous.
Saint, issu de Race Royale, priez pour nous.
Saint, Prince d'Auvergne, priez pour nous.
Saint, l'ornement de ce Royaume, priez pour nous.

Infans Dei præco, ora pro nobis.

Vox clamanti in utero, ora pro nobis.

Ut palma florens, ora pro nobis.

Divûm æmulator, ora pro nobis.

Monachorum Pater, ora pro nobis.

Confessorum gemma, ora pro nobis.

Virginum lilium, ora pro nobis.

Comes Martyrum, ora pro nobis.

Dæmonum expulsor, ora pro nobis.

Cæcorum illuminator, ora pro nobis.

Templorum extructor, ora pro nobis.

Fundator multarum Ecclesiarum, ora pro nobis.

Defensor Arverniæ, ora pro nobis.

Qui vocatus à Deo Matris ab ute-

Saint, qui avant que d'avoir l'usage de la parole avez annoncé les grandeurs de Dieu, priez pour nous.

Saint, qui étes la voix de celuy qui crie étant encore dans le sein de sa Mere, priez pour nous.

Saint, semblable au Palmier, qui conserve longtems sa fleur & son fruit, priez pour nous.

Saint, grand & parfait imitateur des Saints, priez pour nous.

Saint, le Pere des Moines, priez pour nous.

Saint, qui brillez entre les Confesseurs comme une pierre prétieuse, priez pour nous.

Saint, qui avez été favorisé du lys de la virginité, priez pour nous.

Saint, le compagnon des Martyrs par vôtre mortification, priez pour nous.

Saint, qui avez chassé les démons des corps des possédez, priez pour nous.

Saint, qui avez rendu la vûë aux aveugles, priez pour nous.

Saint, qui avez bâti des Temples à Dieu, priez pour nous.

Saint, le fondateur de plusieurs Eglises, priez pour nous.

Saint, le Protecteur de l'Auvergne, priez pour nous.

O vous, qui étant dans le ventre de

ro ter emiſsâ voce reſpondiſti, intercede pro nobis.

Qui inter aulæ delicias virgo perpetuus permanſiſti, intercede pro nobis.

Qui in ſæculo vivens Monachorum vitam æmulatus es, intercede pro nobis.

Qui potuiſti tranſgredi & non es tranſgreſſus, intercede pro nobis.

Qui retuſo ferro pugnans ne ferires hoſtem victorias reportaſti, intercede pro nobis,

Qui aquâ quâ manus deterſeras cæcis viſum reſtituiſti, intercede pro nobis.

Qui Principatum tuum Apoſtolorum Principi conſecraſti, intercede pro nobis.

Qui Sanctis omnibus ſubvenientibus in Cœlum glorioſus aſcendiſti, intercede pro nobis.

O bone Comes, Te rogamus audi nos.

vôtre Mere avez été appellé de Dieu, & luy avez répondu par trois fois, intercedez pour nous.

O vous, qui au milieu des délices de la Cour êtes demeuré toujours vierge, intercedez pour nous.

O vous, qui au milieu du monde avez imité la vie des Moines, intercedez pour nous.

O vous, qui pouvant violer les Commandemens de Dieu les avez observez, intercedez pour nous.

O vous, qui avez remporté la victoire lors même que pour ne pas répandre le sang, vous avez combatu sans présenter la pointe de l'épée, intercedez pour nous.

O vous, qui avec l'eau dont vous vous étiez lavé les mains, avez rendu la vûë aux Aveugles, intercedez pour nous.

O vous, qui avez consacré vos Etats au Prince des Apôtres, intercedez pour nous.

O vous, qui avez eu tous les Saints à vôtre rencontre quand vous étes entré glorieux dans le Ciel, intercedez pour nous.

O Saint & religieux Comte, qui aviez merité le surnom de *Bon*, écoutez nos priéres.

Ut secundùm Deum nos adjuvare digneris, Te rogamus audi nos.

Ut Ecclesiam quam fundasti conservare & amplificare digneris, Te rogamus audi nos.

Ut Aurilacum tibi devotam Urbem patrocinio perpetuo fovere digneris, Te rogamus audi nos.

Ut Christianissimum Regem, Galliæ quondam Princeps, ab omni malo tueri & cælestibus gratiis augere digneris, Te rogamus audi nos.

Ut clientes tuos ab omni cæcitate mentis curare digneris, Te rogamus audi nos.

Ut nos à dæmonum insidiis potenter defendas, Te rogamus audi nos.

Ut cum omnibus Sanctis Dei nunc & in hora mortis nobis subvenias, Te rogamus audi nos.

Ut nos exaudire digneris, Te rogamus audi nos.

Ab omni malo corporis & animæ per invocationem sancti Geraldi,

Nous vous prions de nous aider pour aller à Dieu, écoutez-nous, s'il vous plait.

Nous vous prions de conserver l'Eglise que vous avez fondée, & de la rendre toujours plus florissante, écoutez-nous, s'il vous plait.

Nous vous prions de cherir & de garder perpetuellement sous vôtre protection Aurillac, cette Ville qui vous est toute consacrée, écoutez-nous, s'il vous plait.

Nous vous prions, vous autrefois Prince dans ce Royaume, de préserver le Roy de toute sorte de mal & de le combler des grâces du Ciel, écoutez-nous, s'il vous plait.

Nous vous prions de guérir de l'aveuglement de l'esprit ceux qui ont recours à vous, écoutez-nous, s'il vous plait.

Nous vous prions d'employer vôtre puissance pour nous garantir des embuches du démon, écoutez-nous, s'il vous plait.

Nous vous prions de nous faire ressentir vôtre secours & celuy de tous les Saints, maintenant & à l'heure de nôtre mort, écoutez-nous, s'il vous plait.

Nous vous prions d'écouter nos vœux.

Délivrez-nous, Seigneur, de tout mal du corps & de l'ame par l'invocation &

Libera nos Domine.

Agnus Dei qui tollis peccata mundi, Parce nobis Domine.

Agnus Dei qui tollis peccata mundi, Exaudi nos Domine.

Agnus Dei qui tollis peccata mundi, Miserere nobis.

ANTIPHONA.

Dum Cœlos ingrederetur Beatus Geraldus Aurilaci Comes auditu est vox dicentium : Beatus qui potuit transgredi, & non est transgressus, facere mala & non fecit.

ORATIO.

OMnipotens & misericors Deus, cujus singulari gratia Beatus Comes Geraldus Confessor tuus in summa vitæ licentia, legis tuæ præcepta non est transgressus, da nobis famulis tuis, ita tuis inhærere mandatis, ut & mala nulla facere & justitiam omnem implere valeamus. Per Dominum nostrum Jesum Christum Filium tuum, qui tecum vivis & regnas in unitate Spiritus sancti Deus : per omnia sæçula sæculorum. Amen.

l'interceſſion de ſaint Géraud.

Agneau de Dieu qui effacez les péchez du monde, pardonnez-nous, Seigneur.

Agneau de Dieu qui effacez les péchez du monde, exaucez-nous, Seigneur.

Agneau de Dieu qui effacez les péchez du monde, ayez pitié de nous.

ANTIENNE.

Lorſque le Bienheureux Géraud Comte d'Aurillac entroit dans le Ciel, on entendit la voix de ceux qui diſoient : Bienheureux celuy qui a pû tranſgreſſer les Commandemens de Dieu & ne les a pas tranſgreſſez, qui a pû faire le mal & ne l'a pas fait.

ORAISON.

O Dieu Tout-puiſſant & miſericordieux, qui par une faveur ſinguliére, avez préſervé le Bienheureux Géraud vôtre Confeſſeur de la tranſgreſſion de vos Commandemens au milieu même de la corruption de ſon ſiécle; faites par vôtre grâce, qu'en l'imitant, nous ſoyons ſi inviolablement attachez à vôtre loy, que nous evitions tout péché, & que nous accompliſſions toute juſtice. Nous vous le demandons par Jeſus-Chriſt Nôtre-Seigneur vôtre Fils, qui vit & regne avec le Pere & le ſaint Eſprit dans tous les ſiécles des ſiecles. Ainſi ſoit-il.

IN DIEM
S^TI. GERALDI,
AD VESPERAS HYMNUS.

I.

LÆTUS affulget populo fideli
Nunc dies : ſacris feriamus unà
Cantibus cœlum ; ſuperique nobis
Plaudite cives.

II.

GRATUS à cunis Domino Geraldus ;
Callidas pravi fugit hoſtis artes
Sæculi nuſquam puerum doloſi
Faſcinat aura.

III.

STIRPE regali genitus, beatam
Pauperum ſortem generoſus ambit.
Hos alit gaudens, recreatque nonâ

HYMNE A L'HONNEUR DE S^T. GERAUD,

POUR VÉPRES.

I.

CE jour agréable annonce au Peuple fidéle une fête trés solemnelle. Elevons tous ensemble nos voix jusqu'au Ciel par de saints Cantiques. Et vous Citoyens célestes soyez-nous favorables.

II.

Géraud chéri de Dieu dés son enfance, se garantit des piéges artificieux & de la malignité du démon; méme dans sa jeunesse il ne se laisse point seduire par les attraits & les maximes trompeuses du monde.

III.

Quoyque sorti d'une Race Royale, il envie par la grandeur de sa foy le bonheur de l'état des Pauvres. Il fournit avec joye à leurs besoins, & met à part pour eux la

Parte bonorum.

I V.

MEMBRA, ſubtractis dapibus, magiſtræ
Subjicit mentis removet profanos
A cibis luſus ; vitio fit hoſtis
Impiger omni.

V.

LUMEN hic cœco, pedibuſque robur
Debili reddit, ſimul & ſalutem
Febre languenti, quibus ipſe palmas
Abluit undis.

V I.

SPIRITUS orci cruce pellit atros
Septiès Romam properat, ſacratum
Ut Petri Corpus, comitiſque Pauli
Viſitet Urnam.

V I I.

ERIGIT Templū Domino ſuperbum;
Utque tutelam ſociet decori,
Orbe Sanctorum pretioſa toto
Pignora quærit.

neuviéme partie de ſes revenus.

I V.

Il aſſujétit le corps à l'eſprit par le jeûne. A table il nourrit l'ame par la lecture, où il en banit les diſcours inutiles. En toutes rencontres il ſe declare ennemi du vice.

V.

Avec l'eau dont il s'eſt lavé les mains les aveugles recouvrent la vûë, les boiteux marchent, les malades ſont guéris de la fiévre.

V I.

Par le ſigne de la Croix il chaſſe les démons du corps des poſſedez. Il va juſqu'à ſept fois à Rome viſiter le ſacré Tombeau des Apôtres S. Pierre & S. Paul.

V I I.

Il éleve à Dieu un Temple ſuperbe ; & pour accompagner cette magnificence d'une puiſſante protection, il y met un grand nombre de précieuſes Reliques aprés les avoir ramaſſées avec beaucoup de ſoin.

VIII.

Laus Patri summo, genitæque Proli,
Morte quæ lapsum reparavit orbem ;
Flamini sit par utriusque divo
Gloria semper. Amen.

AD MATUTINUM HYMNUS.

I.

Ut Dei laudes moduletur, ultrò
Noctibus castum mediis Geraldus
Deserit lectum, precibusque turbat
Tempora somni.

II.

Cum dapes ferri sibi delicatas
Expetunt multi procerum, choræis
Aut vacāt noctu, juvat hunc supremo
Numine pasci.

III.

Hunc suo sacris juvat Angelorum
Vocibus semper sociare cantus.

son

VIII.

Loüange au Pere Tout-puissant ; que le Fils qui a racheté le monde par sa mort, & le saint Esprit qui est l'amour du Pere & du Fils soient honorez d'une gloire égale.

HYMNE POUR MATINES.

I.

GE'RAUD qui vivoit dans le célibat, afin de n'être occupé que du soin de sanctifier son corps & son esprit, interrompt son sommeil par la priére, & se releve avec joye toutes les nuits pour offrir à Dieu des Sacrifices de loüanges.

II.

Ce tems que les Grands donnent aux festins, à la danse, ou au jeu, il le destine à se nourrir des célestes délices.

III.

Il l'employe à joindre sa voix aux Chœurs des Anges, avec une ferveur qui rend son

Vota fraganti potiora thure
Mittit olympo.

I V.

ATTRAHIT mirum pius inde rorem,
Quo sibi pectus cupit irrigari:
Quo, vel exili maculâ carere
Sedulus ardet.

V.

SIC regit dulci populum volentem
Lege: sic hostes sine cede vincit.
Casta sic Christo studet exhiberi
Virgo Geraldus.

V I.

VERTE nunc, Princeps, superâ faventem
E domo vultum: miserisque dextram
Tende succurrens famulis; & arce
Dæmonis artes.

V I I.

TEQUE nos æquo pede fac sequamur:
Cordibus fac nos Domino canamus;
Et préces altam venerande nostras

Oraiſon plus précieuſe que l'encens le plus exquis.

I V.

De là vient que le Ciel fait tomber ſur luy en abondance la roſée de ſes grâces ; & Géraud en eſt ſi rempli qu'il parvient à éviter juſqu'aux moindres fautes.

V.

Animé de cet eſprit, il gouverne avec une bonté incomparable ſes Peuples, dont il fait les delices. Il eſt victorieux de ſes ennemis ſans répandre de ſang. Il fait toute ſon étude de pouvoir être préſenté à Jeſus-Chriſt comme une Vierge chaſte.

V I.

O ſaint Prince ! daignez jetter ſur nous des regards favorables du haut du Ciel où vous regnez. Tendez la main à vos ſerviteurs dans le beſoin qui les preſſe ; & gardez-nous des piéges du démon.

VII.

O Saint digne de tous nos reſpects, faites qu'à vôtre exemple, nous marchions d'un pas égal dans le chemin de la vertu. Faites que nous chantions les divines loüan-

Offer ad aram.

VIII.

Laus Patri ſummo, genitæque Proli,
Morte quæ lapſum reparavit orbem ;
Flamini ſit par utriuſque divo
Gloria ſemper. Amen.

AD LAUDES HYMNUS.

I.

Vix diem gallus cecinit propinquam,
Currit ad Templum celer ; & ſalutis
Victimam noſtræ videt immolari
Manè Geraldus.

II.

Per dies, morbis etiam retentus,
Litteras verſat meditando ſacras,
Cuncta regalis recinit diſertè
Cantica vatis.

ges de cœur & non seulement de bouche ; & présentez nos priéres jusqu'au thrône de Dieu dans le Ciel.

VIII.

Loüange au Pere Tout-puissant ; que le Fils qui a racheté le monde par sa mort, & le saint Esprit qui est l'amour du Pere & du Fils soient honorez d'une gloire égale.

HYMNE POUR LAUDES.

I.

A Peine le chant du coq a-t'il annoncé le jour qui va paroître, que Géraud court vîte au Temple, & y assiste au redoutable Sacrifice, dans lequel la Victime de nôtre salut est immolée & présentée pour nous à Dieu.

II.

Sans cesse il lit & médite les saintes Ecritures. Chaque jour, même dans ses maladies, il récite tous les Pséaumes du Prophéte Roy.

III.

GLORIÆ solùm cupidus futuræ,
Conterit forti pedé res caducas;
Sempèr & recto sequitur vocantem
Tramite Christum.

IV.

PROXIMAM se mors ubi præbet ægro;
Lætus augustum Domini repentè
Flagitat corpus; recipitque magno
Tactus amore.

V.

AC terens signo Crucis ipse frontem,
Clamat: ô Sancti modo subvenite!
Dixit; & cœli volat ad supremas
Protinus ædes.

VI.

SANCTE! jam pleno bibis ore fontē,
Quo vigent coetus superûm beati:
Ah! petas omnes simul hunc bibamus
Omne per ævum.

III.

N'ayant d'ardeur que pour la gloire du Ciel, il foule courageusement aux pieds toutes les choses périssables. Docile à la voix de Jesus-Christ qui l'appelle, il le suit sans se detourner du droit chemin.

IV.

Dans sa derniére maladie, se sentant aux approches de la mort, loin d'en être effrayé, il demande tout rempli de joye, qu'on le fasse participer au Corps adorable de Jesus-Christ, & le reçoit avec un cœur tout brûlant d'amour.

V.

Ensuite aprés s'être muni du signe de la Croix il s'écrie : O Saints venez maintenant à mon secours. A peine a-t'il achevé ces paroles, que son ame se sépare de son corps & s'envole dans le Ciel.

VI.

Glorieux Saint, vous beuvez présentement à grands traits de cette eau qui donne la vie éternelle à toute l'assemblée des Bienheureux dans le Ciel. Ah! de grâce, demandez pour nous tous, que nous soyons abbreuvez de cette eau divine pendant toute l'éternité.

VII.

LAUS Patri summo, genitæque Proli,
Morte quæ lapsum reparavit orbem ;
Flamini sit par utriusque divo
Gloria semper. Amen.

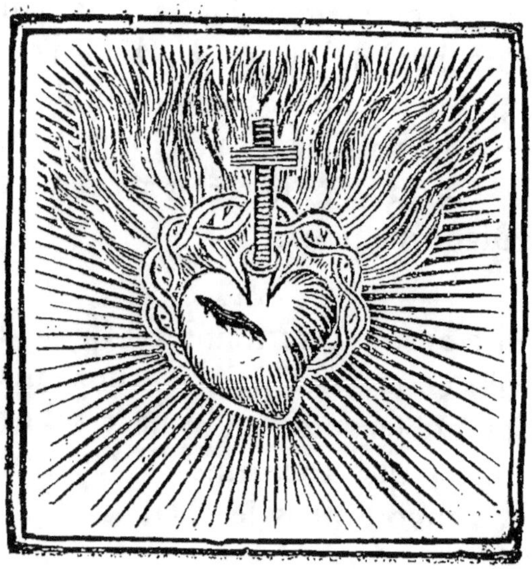

VII.

Loüange au Pere Tout-puiſſant ; que le Fils qui a racheté le monde par ſa mort, & le ſaint Eſprit qui eſt l'amour du Pere & du Fils ſoient honorez d'une gloire égale.

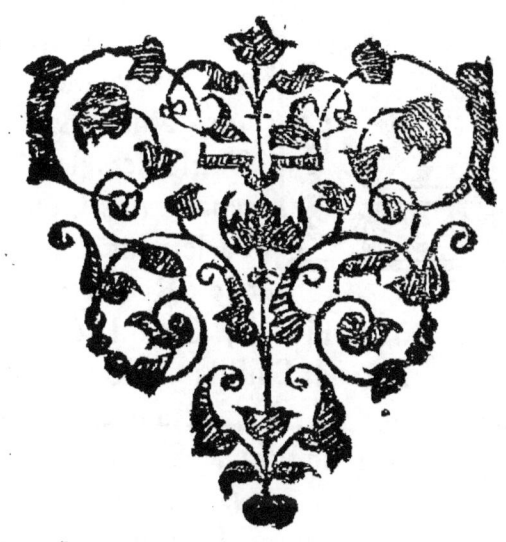

PRIVILEGE DU ROY.

LOUIS PAR LA GRACE DE DIEU ROY DE FRANCE ET DE NAVARRE, à nos amez & feaux Conseillers les Gens tenans nos Cours de Parlement, Maitres des Requêtes ordinaires de nôtre Hôtel, Grand Conseil, Prevôt de Paris, Baillifs, Senéchaux, leurs Lieutenans Civils, & autres nos Justiciers qu'il appartiendra, SALUT. Nôtre bien amé LEONARD VIALLANES Imprimeur & Marchand Libraire d'Aurillac, Nous ayant fait supplier de luy accorder nos Lettres de Permission pour l'impression de *La Vie de S. Géraud Comte d'Aurillac, écrite en Latin par S. Odon Abbé de Cluny, & traduite en François*: Nous luy avons permis & permettons par ces Présentes de faire imprimer ledit Livre en telle forme, marge, caractere, conjointement ou séparement, & autant de fois que bon luy ſemblera, & de le faire vendre & debiter par tout nôtre Royaume pendant le tems de quatre années conſecutives, à conter du jour de la date deſdites Préſentes. FAISONS défenſes à tous Imprimeurs, Libraires & autres perſonnes de quelque qualité & condition qu'elles ſoient d'en introduire d'impreſſion étrangere dans aucun lieu de nôtre obeïſſance, à la charge que ces Préſentes ſeront enregiſtrées tout au long ſur le Regiſtre de la Communauté des Imprimeurs & Libraires de Paris, & ce dans trois mois de la date d'icelles, que l'impreſſion dudit Livre ſera faite dans nôtre Royaume & non ailleurs, en bon papier & en beaux caracteres conformément aux reglemens de la Librairie, & qu'avant que de l'expoſer en vente, il en ſera mis deux Exemplaires dans nôtre Bibliotheque publique, un dans nôtre Château du Louvre, & un autre dans celle de nôtre trés cher & feal Chevalier Chancelier de France le Sieur Phelypeaux Comte de Ponchartrain Commandeur de nos ordres, le tout à peine de nullité des Préſentes: du contenu deſquelles vous mandons & enjoignons de faire joüir l'Expoſant, ou ſes ayans cauſe, pleinement & paiſiblement, ſans ſouffrir qu'il luy ſoit fait aucun trouble ou empêchement; VOULONS qu'à la Copie deſdites Préſentes qui ſera imprimée au commencement ou à la fin dudit Livre, foy soit ajoutée comme à l'Original : Commandons au premier nôtre Huissier ou Sergent de faire pour l'execution d'icelles tous Actes requis & necessaires, sans demander autre permission, & nonobstant clameur de Haro, Chartre Normande, & Lettres à ce contraires, CAR TEL EST NÔTRE PLAISIR. DONNE' à Paris le dixneuviéme jour du mois de May l'an de grace mil sept cens quatorze, & de nôtre Regne le soixante-douziéme. Par le Roy en son Conseil, FOUQUET.

Registré sur le Registre Numero 3. *de la Communauté des Libraires Imprimeurs de Paris page* 818. Numero 1006. *conformément aux Réglemens & notamment à l'Arrest du Conseil du* 13. *Avril* 1703. *A Paris le cinquiéme Juin mil sept cens quatorze.*

ROBUSTEL Syndic.

Les Exemplaires ont été fournis.

APPROBATION.

J'AY lû par l'ordre de Monſeigneur le Chancelier un Manuſcrit intitulé, *La Vie de Saint* GE'RAUD, traduite du Latin de Saint ODON ſecond Abbé de Cluny, en François par M. Compaing Curé de Savenés au Dioceſe de Toulouſe : cette Traduction ſervira à édifier le Public, qui ſans ce ſecours, n'auroit pû profiter ſi generalement de l'Original. FAIT à Paris ce troiſiéme May 1714.

LAMARQUE-TILLADET.

ERRATA.

A *La Page* 15 *ligne* 18 joint *lisez* joins. *Page* 20 *lig.* 16 ces *lisez* ses. *Page* 28 *ligne dern.* s'étoit, *lisez* c'étoit. *Page* 50 *ligne* 25 que cet, *lisez* que c'est. *Page* 52 *ligne* 21 avoit maltraité, *lisez* avoient maltraité. *Page* 72 *ligne* 21 avoient apportées, *lisez* avoit apportées. *Page* 80 *ligne prem.* ceux qui feroient, *lisez* ceux qui le feroient. *à la même page ligne* 12 peur les, *lisez* pour les. *Page* 81 *ligne* 20 ses témeraires, *lisez* ces témeraires. *Page* 96. *ligne* 23 ce que, *lisez* c'est que. *Page* 127 *ligne* 14 cet à cause, *lisez* c'est à cause. *Page* 153 *ligne* 3 fort guay, *lisez* fort gay.